「楽毅」の世界

「楽毅」の世界

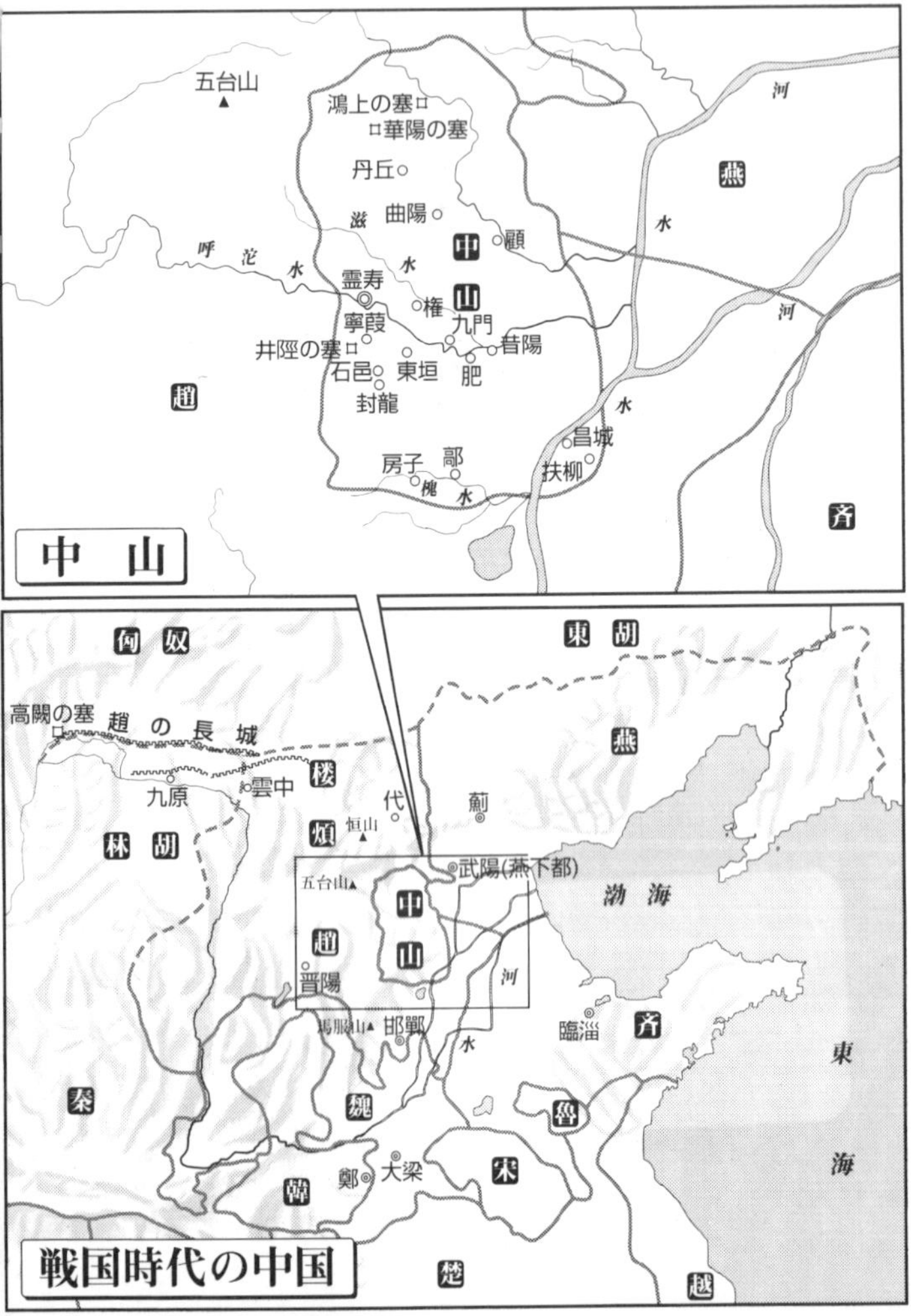

五台山
鴻上の塞
華陽の塞
丹丘
曲陽
滋
水
中
山
顧
呼
沱
水
霊寿
権
寧葭
九門
昔陽
井陘の塞
石邑
東垣
肥
封龍
趙
昌城
扶柳
房子
鄗
槐
水
河
燕
水
河
水
斉
中　山
匈
奴
東
胡
高闕の塞
趙の長城
燕
楼
煩
雲中
九原
代
薊
恒山
林
胡
五台山
武陽(燕下都)
渤海
中
山
趙
晋陽
河
馬服山
邯鄲
水
臨淄
斉
東
海
秦
魏
魯
鄭
大梁
宋
韓
楚
越
戦国時代の中国

新潮文庫

楽毅

第一巻

宮城谷昌光著

新潮社版

6863

目次

挿画　西のぼる

楽毅

第一巻

中《ちゅう》山《ざん》の若人

樂毅
田氏

一

——人がみごとに生きることは、むずかしいものだな。

市中の雑踏をながめながら、そんなことを考えているこの青年の心声は、きよらかでありながら勁《つよ》い。

かなりの身長があるので、人のながれのなかで兀立《ごつりつ》している感じである。

口もとはひきしまり、目もとはすずしい。

貴人の貌《かお》であるが身なりは処士の暗さをもっている。

じつはかれは中山《ちゅうざん》国の宰相の嫡子《ちゃくし》であり、姓を楽《がく》といい、名を毅《き》という。

中山国は河北にある。

東の国境は燕《えん》の国に接し、南北と西の国境は趙《ちょう》の国に接している。

はじめに中山国を樹《た》てたのは白狄《はくてき》とよばれる狩猟民族のなかの鮮虞《せんぐ》族であるといわれる。中国の北方に散在していた異民族のことは、中華の人々はひとまとめにして狄とよんでいたが、やがてかれらが着ているものの色から、赤狄《せきてき》と白狄とわけるようになった。白狄は大きくわけて三つの族があり、鮮虞のほかに肥《ひ》と鼓《こ》があった。

鮮虞は鮮于《せんう》ともよばれたが、大勢力を保有するようになったものの、当時、黄河より北の地をほとんど領有していた晋《しん》という大国に滅ぼされた。しかしながらその晋が三つに割れた。

その三国が、韓《かん》、魏《ぎ》、趙である。

つまり晋がそういう分裂をおこすまでに、晋国内で争いがあり、当然、晋の力は国外におよばなくなった。中山も晋の圧力の減退を感じたわけで、地に伏したような勢力を起《た》たせ、翕合《きゅうごう》させ、晋からはなれて独立することを画策し、実行し、成功した男がいた。その男を、

中山の武公《ぶこう》
と、いう。かれが独立国家を創建したのは紀元前四一四年である。

楽毅が生まれるおよそ八十年まえのことである。

創建ということばをつかったのは、それまでの中山国は、国民が定住していたかどうか疑問であったのに、武公のあたりから邑居《ゆうきょ》をさだめ、政府が確立したとおもわれるからである。まさに国家が形成されたのである。

武公は首都を顧《こ》においた。

その位置は燕との国境に近い。

当時、中華に覇者がいた。

魏の文侯《ぶんこう》である。

——このまま中山を放置しておけば、中原《ちゅうげん》諸国のわざわいになる。

と、憂慮した文侯は、中山の攻伐を決意した。

征伐軍を中山にむかわせるにあたり、

「なんじが征《ゆ》け」

と、文侯が将に任じたのが楽羊《がくよう》であった。

その楽羊こそ、楽毅の先祖である。

楽羊は勇猛果敢の将軍であり、魏兵はそのころ最強であったにもかかわらず、中山の攻略には三年を要した。

楽羊の子が中山軍に捕獲されたことがあった。楽羊を憎む中山の武公は、

「煮殺せ」

と、命じ、楽羊の子を巨大な鼎《かなえ》の熱湯のなかに沈めると、その湯で羹《あつもの》（スープ）をつくらせ、楽羊のもとにおくりつけた。楽羊は幕下に平然とすわり、その羹を飲みほしたという。

それを知った文侯は、

「楽羊はわしのために自分の子の肉を食べてくれた」

と、喜んだ。ところが覩師賛《としさん》という臣が、

「自分の子の肉を食べるのですから、たれの肉を食べてもふしぎではありますまい」

と、楽羊をたくみに中傷した。

そのせいで、中山の征服をおえて復命した楽羊の功勲は光をうしなった。

中山を支配下においた文侯は慎重であった。

「たれに治めさせるか」

と、ながながと思案したすえに、

「撃《げき》にまかせよう」

と、きめた。撃は文侯の子で、しかも太子である。文侯は臣下には中山をあたえなかった。異民族の地を治めるのはむずかしい。他民族による羈絆《きはん》をきらう民意を撫《な》で鎮《しず》め、一方で威圧するには、臣下の威力ではむりである。公室の直轄地《ちょっかつち》にするしかない。つぎの君主になるはずの撃に中山をまかせたということは、そういうことであった。

それを決定したあと文侯は楽羊をよび、

「なんじに霊寿《れいじゅ》をさずけよう」

と、戦功を賞した。霊寿は中山にある邑のなかでも大きなものである。

これは同時に、太子撃の補佐に楽羊を任命したことになる。

楽羊はすみやかに霊寿に移住した。以後、かれの子孫は霊寿に住み、楽毅もむろん霊寿で生まれた。

だが、中山は奇妙な運命をもった国である。

文侯が亡《な》くなり、撃が君主になると、中山を自身で治めているひまはなく、たれかに治めさせなければならなくなった。

撃は死後に武侯《ぶこう》とよばれる人である。

かれが即位してまもなく、子の緩《かん》を封《ほう》じたという記録が『竹書紀年《ちくしょきねん》』にある。どこに封じたのかわからないが、もしかすると、中山を治めさせようとしたのかもしれない。

ところが魏にとってふつごうなことが生じた。

趙の勢力が拡大したことである。

趙は中牟《ちゅうぼう》を首都としていたのだが、そこより北の邯鄲《かんたん》に首都を遷《うつ》した。つまり趙の首都が中山に近づいたのである。

それにともない趙は、中山と魏をむすぶ地を侵しはじめた。そのこともあって魏は邯鄲を攻めたが、かえって敗れた。

中山と魏は往来しにくくなった。

——中山をどうするか。

と、考えに考えた武侯は、奇抜な着想を得た。魏が中山から手をひけば、陸の孤島になった中山は、あっけなく趙に降《くだ》るであろう。しかしそこに周王《しゅうおう》の子をいれたらどうか。趙は容易に手をだせなくなり、もともと独立心の旺盛《おうせい》な民が住んでいるところだけに、周王の子を奉戴《ほうたい》して、中山を堅持してゆくのではないか。

「それがよい」

さっそく武侯は周王室に申し入れた。

武侯がひきだしたのは王子ではないが、王の弟の子であった。この貴人は中山の桓《かん》公《こう》とよばれる。

武侯のねらいはあたった。

中山と魏が杜絶《とぜつ》すると中山は独立色を濃くした。中山が姫《き》姓であるといわれるのは、魏も周王室も姫姓であるからである。中山は魏の支配から脱したが、完全に交流を絶ったわけではなく、友好状態を持続しながら独自の外交をさぐった。

「斉《せい》と結ぶがよい」

ということになった。

中山からみて、斉は趙のむこうにある国である。

趙が中山を欲していることを知っている中山の君臣は、斉と交誼《こうぎ》を成り立たせることで、趙を牽制《けんせい》しようとした。

その交誼の手段というのは、婚姻であった。

斉の公室から中山の公室へ帰嫁してもらう。それによって斉と中山の結びつきを強めようとした。

事実、斉の公女は中山の公室にはいった。

そのことによって中山は安定を得た。そればかりでなく、国力を増し、堂々たる国家に成長した。

が、富み栄えるということは、慢心を産むことらしい。

外交にひとつの破綻《はたん》が生じた。

楽毅が少年のころに、中山の君主が王を称《とな》えた。それが破綻の原因である。

中国の諸侯はそれぞれ爵位《しゃくい》をもっており、公、侯、伯、子、男のどれかを周王からさずかっていた。ところが東方の大国である斉の君主が魏の君主をさそって、

「ともに王を称えましょう」

と、きめたことにより、ほかの国の君主もつぎつぎに王を称えはじめた。つまり斉の君主は斉公であったはずが、斉王になった。

それを知った中山公が、

「わしも王になりたい」

と、いいだした。自称するのはかまわないが、諸侯が認めてくれなければ、真の王になれないのである。そこで斉へ使者を立てた。斉王の聴許《ちょうきょ》を得るためである。が、斉王の激怒を買った。

「のぼせあがるな」

と、叱《しか》られたようなものである。

しかし中山公はあきらめず、策を弄《ろう》して燕と趙のゆるしをとりつけて、ついに中山

王を称えた。その詐術《さじゅつ》にひとしい外交を知った斉は、中山との国交を絶った。のちのことをおもえば、中山の君主のつまらぬ欲望が、滅亡への途《みち》をひらいたといえなくない。中山は外交の基本を忘れたのである。

二

成人となった楽毅《がっき》は、中山《ちゅうざん》が斉《せい》と国交を断絶したことに困惑をおぼえた。なぜなら、かれは斉で学問をしたかったからである。

「諸子《しょし》百家《ひゃっか》」の時代である。天下に名のきこえた大学者はほとんど斉の首都にあつまっているといってよい。斉の大学者たちは稷門《しょくもん》のちかくに住み、大臣なみの待遇をなされているときく。稷門のちかくの繁栄、つまり稷下のにぎわいは、中山にいる楽毅の耳にもとどいている。

「三年の留学でかまいません。斉へゆかせてください」

と、父にくいさがった。

根《こん》まけした父は、

「三年経《た》ったらかならず帰ってくるのだぞ」

と、念をおし、趙《ちょう》へ行ってから斉へはいるようにおしえた。楽家の知人が趙にいる。その家の者になりすまして斉へゆくしかない。

楽毅はそのようにした。

斉の首都を臨淄《りんし》という。

都内の人口はふえにふえて、このころ七、八十万人はいたのではあるまいか。人も車もあちこちでぶつかるという人口密集都市であった。車といっても馬車のことである。

――人として生まれたら、いちどは臨淄をみておくべきだ。

心のどこかでその希望をはぐくんできた楽毅は、その雑踏のなかに立ち、吼《ほ》えてみたくなるほどの歓喜でからだをふくらませた。

楽毅は孫子《そんし》の門をくぐった。

世に孫子とよばれる大兵略家はふたりいる。ひとりは春秋時代の孫武《そんぶ》であり、ほかのひとりは戦国時代の孫臏《そんぴん》である。孫臏は孫武の末裔《まつえい》であり、その独特の兵法によって、斉軍の帷幄《いあく》にあって、馬陵《ばりょう》というところで魏軍を大敗させた。楽毅が生まれる十年ほどまえの決戦であり、いまや伝説の戦いとなっている。

楽毅は兵法《へいほう》に関心があり、自分の願望をみたすために、まよわず孫子に就こうとした。

が、伝説の人である孫臏はすでに世を去っていた。

楽毅は孫臏の弟子のひとりに入門したのである。

そこで孫武と孫臏の功績と戦法とをおしえられた。

孫武は呉《ご》の将軍であったから、おのずと呉と楚《そ》と越《えつ》の三国の歴史を知ることになる。熾烈《しれつ》をきわめた三国の戦いのありようは若い楽毅の血を沸かした。

とくに楽毅の心をとらえたのは呉の名臣である伍子胥《ごししょ》である。伍子胥は父と兄を楚の平王《へいおう》に殺され、かろうじて楚を脱出すると、呉へ逃げこみ、呉王の闔廬《こうりょ》に迎えられるや、大才を発揮し、将軍の孫武とともに呉の富国強兵をなしとげ、呉軍をもって楚を滅亡寸前においこみ、闔廬を覇者にした。ところが闔廬が亡くなると、闔廬の子の夫差《ふさ》とそりがあわず、その忠誠を疑われて、ついに自害した。伍子胥の死をきいた越の句践《こうせん》という王は、これで呉を滅ぼせるといさみ立ち、ついに呉の征服に成功した。

「惜しいな」

伍子胥の生涯《しょうがい》をおもうたびに、そのことばが口をついてでる。

伍子胥ほどの名臣がなぜ夫差という王の狭量《きょうりょう》をみぬけなかったのか。父と兄のための復讐《ふくしゅう》をはたし、功成り、名遂げたのであるから、自分を知ってくれた闔廬が亡くなったとき、なぜすみやかに身を引かなかったのか。

楽毅が同門の者にそういうたびに、

「そうですなあ」

と、多少たよりないが、いつもうなずいてくれる男がいる。

氏は田《でん》である。名は知らない。

市場のとりしまりにあたっている下級役人である。かれは勤務がおわってから教《きょう》場《じょう》に顔をみせる。

全体がまるい感じがする。顔もまるいが、肩もまるい。眉《まゆ》もまるいが、目はそうではなく、役人らしいするどさがわずかにみえる。

楽毅はこの男とよく話をするようになった。

「あなたは田氏だから、この国の王室からわかれた家ですか」

と、きいたことがある。

田氏は人のよさそうな笑いを浮かべ、

「そうではあるが、何代もまえのことです。斉には田氏は掃いて捨てるほどいます」

と、いった。

斉の国王はこのとき宣王《せんおう》である。正確に氏名をいうと、田辟彊《でんへききょう》である。この田氏はもとは陳《ちん》氏といい、南方の小国である陳の公子が、内紛をさけて、斉に亡命したときから、斉の田氏は誕生した。それから何代もかかって斉の宰相となり、さらに代をかさねて斉の王となった。

上級貴族はあまたの妻妾《さいしょう》をかかえ、その女たちが産む子を合計すると四、五十人になるときがある。それらの子がそれぞれ数人の子をもったとすれば、代を経るたびに、田氏の数はふえることになり、なるほど斉にはかぞえきれぬ田氏がいることになる。

「あなたは楽氏だが、ご先祖は宋《そう》の公室からわかれた楽氏か」

と、逆に田氏からきかれた楽毅は、

「いえ、わたしの先祖は晋の楽氏です」

と、こたえた。楽羊の名はださなかった。

「あなたは伍子胥のことをよく嘆くが、わたしは楚の平王がふしぎでならない。平王が王位につくまえに、かれが治めていた領地では、悪事をたくらむ者はおらず、盗賊の影はなく、領民に怨《うら》みを生じさせぬ善政がおこなわれた。そうではありませんか」

「そうです」

みかけによらずこの田氏は歴史ずきらしい。楽毅は田氏をみなおした。

「その平王が楚の王になると、費無忌《ひぶき》のような佞臣《ねいしん》の讒言《ざんげん》を信じ、自分の子を疑い、太子の傅《ふ》である伍奢《ごしゃ》を殺した。のちに伍奢の子の伍子胥に復讎され、楚はあわや滅亡しそうになった。名君が一転して暗君になった端的な例です。どうもそこがよくわからない」

「そうですか……」

楽毅は返辞をにごした。田氏のいう通り、人格がかわったような平王を理解するのはむずかしい。

――だが、人は晩成することもある。

若いうちは平凡にみえる者でも、晩年になり大成する例がある。人は変わるのではないか。若いうちの英明さが、年齢のかげりをうつして、愚昧《ぐまい》に変じてもふしぎではない。

楽毅はそうおもったが、この感想は常識的でありすぎるような気がした。田氏は、

――大器は晩成す。

という老子のことばを知っていよう。それでもなお平王の心の変容をわからないという心裏には、楽毅では知りようのない田氏独自の体験か信念があるのではないか。

――人ばかりをみていても、歴史の実相はみえぬか。

そんな気もした。

「とにかく故事はおもしろい」

と、田氏はいう。自分はしがない役人だが、故事を想《おも》っているときは、王侯にもなれ宰相にもなれ将軍にもなれる。なぜその人物は成功し、なぜその人物は失敗したか。それを考えていれば時のたつのを忘れ、ときどき自分なりの解答を得ると、妻に話してみる、とも田氏はいう。

「ご妻女はなんといわれますか」

楽毅はほほえみをもってきいた。

「褒《ほ》めてくれますよ。大いに褒めてくれます。あなたが斉の貴族でないことは、国の損失だとさえいってくれます」

のろけられたのである。

が、田氏の妻は、実際、かしこそうなのである。夫が昇進しないことをけなさず、世故《せこ》とはかけはなれた歴史譚《たん》にうつつをぬかす夫をあざけるどころか、そうして褒めるのは、よくできた妻といえよう。

「うらやましいことです」

と、楽毅は素直にいった。

「はは、楽氏、よき伴侶《はんりょ》をもたねば、一生の不作です」

「おっしゃる通りです。肝に銘じておきましょう」

こういう会話をたびかさねてゆくうちに、ふたりはうちとけ、楽毅は田氏の家をおとずれるようになった。

田氏の妻も楽毅をあたたかく迎えてくれた。

——この女《ひと》は良家《りょうか》からきた。

ひと目みて、楽毅はそうおもった。

田氏の妻は妍蚩《けんし》をこえていきなりみえる顔をもっている。人格の顔である。その人格を形成する要素のひとつに家がらがあると楽毅は当然の想像をした。

田氏の家は矮《ひく》く狭い。しかし暗くもなく貧しくもない。

田氏の妻がもっている豊かさと明るさとが、そうさせている。楽毅はかの女をみて、

——ああ、女とは、一家の宝なのだな。

と、つくづくおもった。

ひと月にいちどは田氏の家へゆくようになって、半年がすぎた。

楽毅はかねていだいていた質問を、田氏がいないときに、ぶつけてみた。

「なにゆえ、田氏に嫁《か》されたのですか」

「ほほ」

と、田氏の妻は笑った。その笑いをなかなか斂《おさ》めず、

「きっと、お笑いになりますよ」

と、いい、さらに笑声を高めた。

「では、さきに笑っておきましょう」

楽毅は哄笑《こうしょう》してみせた。

「おもしろいかたね」

田氏の妻はこの少壮《しょうそう》の異邦人について、夫にいったことがある。

「貴人の相《そう》です。身分をかくしているのでなければ、やがて一国の高位にのぼる人です。わたくしの目にはそうみえます」

かの女は自分の夫が楽毅と友誼《ゆうぎ》を深めてゆくことを内心悦《よろこ》んでいた。

「さあ、おききしましょう」

「占いですよ」

と、田氏の妻は笑いを消していった。

「どのような占いですか」

「筮者《ぜいしゃ》はこういいました。あなたは田氏に嫁すと、宰相を産む、と」

三

「宰相か……」

楽毅《がつき》はつぶやいてみることがある。

自分はおそらく父のあとをついで中山《ちゅうざん》の宰相になるであろう。

そのおもいが心の底で目をひらいているせいか、おなじ目は故事のなかの宰相たちの生きかたを注意ぶかくながめている。

伍子胥《ごししょ》は呉《ご》の宰相であった。

呉に覇権をもたらした男が、さいごには自殺せねばならぬ。仕える君主にめぐまれった者は、一代の栄えに満足し、君主がかわれば身を引くべきか。引退の時機をあやまって、その生涯をかがやかせる光を失った大臣はすくなくない。越王句践《えつおうこうせん》に仕えた大夫種《たいふしよう》もそのひとりである。かれも讒言によって句践より死をたまわった。大夫種の場合、君主はかわっていなかったが、君主の対外的な権力に大きな差があった。句践が苦難にあるとき、かれはまさしく名君であったが、呉を滅亡させ、諸侯から覇王であるとたたえられると、猜疑心《さいぎしん》の強い吝嗇《りんしょく》な王になった。それをあらかじめみぬいていた范蠡《はんれい》という大臣は、句践が覇王となるや、越を去った。

——みごとなものだな。

と、楽毅は范蠡をひそかに賛嘆した。

だが、自分は范蠡にはなれぬ、とわかる。范蠡は越を去ってから、斉《せい》にきて、いちど仕官したが、やがて斉も去り、庶人《しょじん》となって働き、ついに億の財産をつくりあげた。楽毅はそこまでの器用さは自分にはないとおもっている。

「それにしても……」

楽毅はほほえんだ。田氏の妻のうちあけ話である。

――田氏の妻が宰相を産むとは。

奇想天外の類にはいることである。

いま斉は栄えに栄え、この国の宰相がたれかといえば田文《でんぶん》、すなわち孟嘗君《もうしょうくん》である。孟嘗君は食客《しょっかく》を数千人かかえ、封邑《ほうゆう》の薛《せつ》には六万余の家があるといわれるから、一家を五人と考えても、三十万人の領民をもっていることになる。

その田氏とこの田氏は雲泥《うんでい》の差である。

楽毅のおとずれる田氏は、夫と妻のふたりぐらしで、肝心な子はまだいないのである。

田氏の家へゆくたびに、

「いかがですか、宰相は」

と、いってみる。すると田氏の妻は、

「ほほ、まだですよ」

と、明るく笑う。田氏もにこにこしている。むろんかれは妻から筮者《ぜいしゃ》の予言をきいている。が、あたるも八卦あたらぬも八卦なのである。おなじ卦がでても、筮者によって、吉が凶となり、凶が吉となる。そういう例は故事にも散見できる。

——しかし……。

よくよく考えてみると、田氏は奇妙な男で、楽毅が歴史のなかの宰相に関心があるのとはことなり、田氏は王や君主にとくべつの興味をいだいているようなのである。

楚《そ》の平王《へいおう》も田氏の興味の的である。

「讒言ほど恐ろしいものはない。だが、後世のわれらはそれを讒言であるとみきわめられるが、平王の立場であれば、わからなかったかもしれない。名君になるのは、むずかしいものです」

などと田氏はいう。

身分の低い者は、貴族の切実さがないだけに、かえってその国でもっとも高貴な者にあこがれるのかもしれない。

——自分が王であったら。

と、考える楽しさは、娯楽の一種であろう。使われる者は使う者の立場を想像するしかない。故事においてそれを想像することは、虚無をまぬかれるのであろうか。

そんなふうに楽毅は田氏をみている。

ただし田氏の話をきいていると、ぞんがい教えられることも多いのである。

讒言についての感想もそのひとつである。

――なにゆえ平王は讒言を信じたか。

自分なりにつきつめて考えてみる必要のあることで、楽毅は呉と楚と越について書かれたものを、とくに熱心に読んだ。むろん孫子《そんし》の兵法書は暗記するほどくりかえし読んだ。そうするうちに、

――なるほど、人も兵法も、じつにあいまいなものだ。

ということに想いが到《いた》った。

生まれて死ぬまで、おなじでありつづける人などどこにもいない。赤子の身長のまま死の牀《とこ》につく老人がいないこと、そのひとつをとっても、人は変化するのである。兵もおなじである。多数の兵は少数の兵につねにまさるとはかぎらない。陣形も地形によって変化する。それに将軍と兵のよしあしを考えあわせてみると、かならず勝つという戦いができるのは、一生のうちに一度あればよいほうであろう。むろん孫子

はそんないいかたをしていない。必勝の法をさずけてくれてはいるのだが、楽毅はむしろ、その法にこだわると負けるのではないか、とおもった。兵法とは戦いの原則にすぎない。が、実戦はその原則の下にあるわけではなく、上において展開される。つまり、かつてあった戦いはこれからの戦いと同一のものはなく、兵を率いる者は、戦場において勝利を創造しなければならない。

楽毅はそんなことを考えはじめた。

——自分も兵を率いるときがくる。

そのときを想像すると、ふと、自信がもてなくなる。平和であることは、たいへんなことだ。

楽毅は外にでて都内を歩きながら、驚嘆する。都民が路上を歩いているのは、べつに平和を謳歌《おうか》しているわけではないが、かれらが自分のことだけを考えていられる世をつくった斉王と宰相の偉大さを痛感した。

——為政者はそうあるべきだ。

自分が中山の宰相になったら、国民を戦火におびえさせず、国民の生命と財産をまもりぬくことができるであろうか。

楽毅は市場にもよく行った。

喧騒《けんそう》の坩堝《るつぼ》である。

そのなかに立っているとかえって自分が静かだった。市場のなかにいる人々はほとんど今日のことしか考えていない。そういう人々に揉《も》まれて、ながされて、明日のことを考えている奇妙さが楽毅は好きであった。

ある日、肩をたたかれた。

市場の役人としての田氏がうしろに立っていた。うれしそうな顔をしている。雑踏のなかで知人をみつけたというれしさばかりではない喜色がみえる。

「買い物ですか」

と、田氏はいった。

「いえ、こうして人をみているのが好きなのです。これほど多くの人がいても、神の手にえらばれて、歴史に記される人は、ほとんどいない。人が歴史に名を残すとはどういうことなのか、考えていたのです」

「ははあ、そうですな」

と、田氏はこたえたが、少々うわの空である。自分のことばが染《し》みてゆかないとわかった楽毅は、

「なにか、嘉《よ》いことがあったのですね」

と、いってみた。

「いや、なに、その……」

と、首をなでた田氏は、笑い、

「妻に子がやどったらしい」

と、おもはゆげにいった。妻が妊娠をうちあけたということは、胎内《たいない》の子はすでに三か月ほどを経ているにちがいない。

「それはめでたい。宰相の誕生は今年のうちか、来年のはじめですね」

「楽氏、宰相は妻の幻想ということにしたい。子に過大な期待をかけると、萎縮《いしゅく》してしまうものです。のびのび育ってもらいたい」

「もっともです」

楽毅は田氏の妻の迷惑にならないように、田氏の家に足をむけることをひかえた。

晩冬の市場に楽毅は立っていた。

——人がみごとに生きることは、むずかしいものだな。

そんなことを考えていた。

自分を呼ぶ声がした。楽毅は天の声かとおもった。遠い声で、なぜかなまぐさみのない声であった。

楽毅は目をあげた。澄みわたった天である。

つぎにきいた声は地から湧《わ》きあがってきたようなふくらみをもっていた。

楽毅は目を落とした。

田氏の顔がそこにあった。

破顔がさわやかであった。楽毅も笑った。

「生まれましたか」

「生まれましたよ。今夜、わが家にきてください」

「名は、まだですか」

「いや、もうつけました。単《たん》です」

「田単……、なるほど、いいひびきです」

楽毅は祝った。

しかしながら、この夜、楽毅が田氏の家で、喜笑のなかでみた赤子が、おのれの未来に立ちふさがる敵将になろうとは、つゆおもわなかった。

孟嘗君《もうしょうくん》との会見

田文

一

斉《せい》での三年の留学がおわろうとしている。

丹冬《たんとう》の顔を見た楽毅《がっき》は、

「帰らねばならぬか」

と、未練を口にした。

丹冬は丹丘《たんきゅう》のあたりの生まれで、幼少のうちから楽毅につかえている臣である。白狄《はくてき》の血が残っているのか、騎馬と弓をよくし、いかにも敏活な青年である。すでに加冠《かかん》の歳はすぎているが、楽毅より若い。

楽毅が斉に留学するときいて、当然丹冬は随従《ずいじゅう》を訴願《そがん》した。中山の宰相《ちゅうざん》の嫡子《ちゃくし》がひとりで生活するなどもってのほかである、というのが丹冬の主張であったが、

「学問はひとりでするものだ」

と、楽毅にいわれて、しぶしぶ口吻《こうふん》をおさめた。

ほんとうにひとりになってみなければ、視《み》えてこず、聴こえてこないものがある。たしかに学問には師がおり、友がおるであろう。だが、楽毅は学問もたいせつだが、人の生きかたをみるほうがもっとたいせつだとおもっていた。そのためには、人が寄り集まっている空間、すなわち都邑《とゆう》をみたかった。

斉の首都の臨淄《りんし》は巨大な都である。

そのなかにひとりでいれば、なにがみえるか、なにがきこえるか。

そうおもい、楽毅は中山の首都の霊寿《れいじゅ》を出発したのである。丹冬は春夏秋冬にいちどずつ楽毅のすまいにやってきた。その生活ぶりを、観察し、楽毅の父に報告するほかに、学費をはこんできた。

三年がすぎたいま、丹冬がもってきたのは学費ではない。帰国のための旅費である。

「孟《もう》さま、趙王《ちょうおう》は去年、中山を望見《ぼうけん》したそうです」

と、丹冬は容易ならぬことをいった。

望む、とは、ただ見ることとはちがう。呪《のろ》いをこめて見ることを望むという。望みとは、それゆえ、攻め取りたい欲望をいう。

丹冬のいったことは事実である。

中国には五岳《ごがく》とよばれる聖山がある。

泰山《たいざん》、華山《かざん》、衡山《こうざん》、恒山《こうざん》、嵩山《すうざん》がそれであるが、五つの山のうち、もっとも北にあるのが恒山である。この山は常山《じょうざん》ともよばれる。「つね」という字は恒と常とがあり、どちらの字をつかってもよいということなのであろう。ついでにいえば、前漢王朝の三代目の皇帝である文帝《ぶんてい》は、諱《いみな》を恒《こう》というので、避諱《ひき》のならいから、以後、恒山は常山と書かれる。位置としては、中山のはるか北にある。趙の王室はその山に離宮をもっている。

九門宮《きゅうもんきゅう》という。

趙の君主である武霊王《ぶれいおう》は、恒山にのぼり、九門宮にこもった。それから臣下に命じ、台をつくらせた。

台は神霊が地上に降下する空間である。壇《だん》といいかえてもよい。その上に武霊王は立った。そのときの武霊王の気持ちとしては、独りで立っているというより、祖先の霊とならんで立っているというものであろう。

「ごらんください。あれが中山で、そのむこうが斉です」

と、武霊王はつぶやいたであろう。

趙には趙簡子《かんし》と趙襄子《じょうし》という名君がでた。とくに趙簡子は勇略にすぐれ、趙国の開祖といってよいが、その趙簡子が、

「わが子孫は狄の二国と戦い、勝利を得る。その後、政《まつりごと》を革《あらた》め、胡服《こふく》し、二国を狄にあわせるであろう」

と予言したことは、王族の者で知らぬ者はいない。趙簡子の子の趙襄子は代《だい》と知《ち》の二氏と戦って勝利を得た。予言どおりになったのである。それから六代を経て武霊王がいる。さいごの予言が武霊王をとらえてはなさない。

――その予言を実現するのはわしだ。

と、武霊王は信じた。

――二国を狄にあわせる。

その二国とは、中山と斉ではないか。

武霊王は九門宮にこもっているあいだに、霊気にうたれたのか、中山と斉を遠望できる台をつくらせたのである。その台を野台《やだい》という。野望の台ということであろう。

武霊王が恒山の野台から南方を望んだということは、すぐに趙の臣下に知れ、群臣のなかで中山の楽氏に誼《よしみ》を通じている者は、ひそかにその事実をつたえた。

「趙王がわが国を望見したのは、いつのことか」

と、楽毅はきいた。

「昨年のことのようです」

「すると、趙王は明年までにわが国を攻めよう。三は最大の数である。望を神事《しんじ》としておこなったのであれば、神霊と誓いをむすんだはずであり、その誓言を実行にうつすのに、何年もかけるわけはない。最大の最大というべき九では、年数として長すぎる。やはり三年以内に、趙はわが国に軍をむけよう」

「ご賢察であると存じます」

丹冬は大きなうなずきをみせた。

そこまで楽毅がわかってくれたのなら、これ以上留学の期間をのばすとはいわず、素直に中山へ帰ってくれるであろう。

が、楽毅は、ただちに中山へ帰る、とはいわず、

「まあ、臨淄をみておけ」

と、丹冬の肩をたたいた。

「孟さま——」

とがめるような声を丹冬はあげた。

孟というのは、ふつう長男をさすが、その家の嫡子であれば、やはり孟とよばれる。

「持ってまいったのは旅行の金で、滞在の金ではございません」

「わかっている。なんじが持ってきてくれた四季の金をむだにはつかわなかった。本来なら、なんじもわしに従ってこの都に住めるはずであった。それをさまたげたつぐないをしたい。金はある。ゆっくり臨淄を見学せよ」

あたたかさでくるんだような声であった。

丹冬は、あっ、と目を見張った。胸のすみで感動が鳴ったような表情であった。

半月間ほど丹冬は楽毅とおなじ屋根の下に住んだ。

むろん都内の見物に毎日のようにでかけた。

楽毅もいっしょである。

「この繁華な都を趙王は攻め取ろうというのか」

斉には軍事の天才というべき孫臏《そんぴん》が整備した軍がある。多量の弩《ど》をそなえたこの軍の出現によって、斉は飛躍的に国威をました。たやすく趙軍が侵入できるとはおもわれない。

「それより、わが国です」

その話になると、通りにあるものは、丹冬の目にはいってこない。

趙王は斉を攻めるまえに中山を攻める。中山の臣としては気が気ではない。

「ふむ……」

楽毅とて自分の国を忘れているわけではない。

かつて中山は斉と交誼《こうぎ》がたもたれているころ、斉軍とともに趙を攻めたことがある。そのとき中山と斉の連合軍は趙兵を多数捕虜にした。むろん楽毅はその戦いに参加したわけではないが、中山の国民感情としては、

――趙の兵は恐れるにたりない。

というものがある。

が、楽毅は楽観を自分にいましめている。

趙王が野台をつくって望見したということは、なみなみならぬ決意のあらわれであり、中山を攻め取るとすれば、まず中山を外交において孤立させようとするのではないか。

無援の国にしておき、攻める。

――わしが趙王なら、そうする。

では、中山はどうすればよいか。おのずとあきらかであろう。

「斉との断交状態を改善できれば、趙王の野望は熄《や》む」

と、楽毅は断定するようにいった。

「そうなのですが……」

　丹冬は頭の悪い臣ではない。楽毅の意中はわかりすぎるほどわかる。中山王は外交にたけた臣を斉へつかわし、国交を回復すべきであるといいたいのであろう。ただし楽毅の考えが心にしみ通るようにわかるようになったのは、斉という国と臨淄という首都をみたからだといえる。中山という国から一歩もでない者にとって、

「斉など、恃《たの》むにたらぬ」

　という感情からもぬけでられない。そのことも丹冬は自分を通してわかるのである。

「斉はわが王に王号をやめよと迫るでしょう」

　と、丹冬は自分の想像をいった。

「そうかな。時は移っている。外交の主題がそれに終始するとはかぎらぬ。それに、これからの斉は、薛公《せつこう》によってまわる。薛公をくどける者が、わが国にはいないのだろうか」

　楽毅は首をわずかにかしげた。

　薛は地名である。その地を有する公《きみ》というのは、田文《でんぶん》、すなわち孟嘗君《もうしようくん》である。

「薛公は魏《ぎ》にいたのでしょう」

「魏王を輔《たす》けていたようだ。父の靖郭君《せいかくくん》（田嬰《でんえい》）の死去にともない、斉に帰ってきて、政務をとりはじめた」

「変わった宰相ですね」

丹冬はほのかに嗤《わら》った。

「いや、変人でも奇人でもない。薛公は自分の道をつらぬいている」

「どのような道ですか」

「ふふ……」

と、楽毅はふくみ笑いをしてから、

「強気をくじき、弱気をたすける、いわば俠気《きょうき》の道だ。中山は小国であり、趙にくらべると弱者だろう。薛公に訴える手があるはずだ」

と、口調に強さをみせていった。

二

「どうだ、丹冬《たんとう》、薛公《せっこう》の屋敷におしかけてみるか」

と、楽毅《がっき》がいったので、あっ、と丹冬は仰天した。

とめるまもない。楽毅はかろやかに歩いてゆく。

「丹冬、あれよ」

楽毅がゆびさしたところに壮麗な邸宅がみえた。

――今日は、はじめから主《しゅ》は薛公をたずねる気であったのだ。

と、丹冬は気づいた。

だが一国の宰相というものは政務に多忙であり、しかも田文《でんぶん》は飛ぶ鳥を落とすほどの権勢《けんせい》をもっている。敵国ともいえる中山《ちゅうざん》の貴族の子に会ってくれるだろうか。丹冬の目がそんな不安を訴えていたのか、楽毅は小さく笑い、

「会えなくて、もともとよ」

と、いい、田文邸の門前に立った。

ふところからとりだした木の札に、

「霊寿之楽毅」

と、書き、門衛にさしだし、薛公にお目にかかりたい、と朗々といった。

「暫時《ざんじ》、お待ちください」

門衛のひとりが奥に消え、しばらくたつと、きらびやかな鳥の羽の冠をかむった男があらわれ、楽毅の貌《かお》を凝視すると、目で笑い、

「どうぞ」

と、一礼し、丹冬まで邸内にいれてくれた。

楽毅のすぐうしろを歩きながら、丹冬は、

「きみのわるい中大夫《ちゅうたいふ》ですね」

とささやいた。楽毅はふりむかず、

「中大夫ではあるまい。世にいうところの食客《しょっかく》だろう」

と、ささやきかえした。

中大夫というのは奥家老といいかえることができる。楽毅の目は、はでな冠をつけた男を、中大夫とはみなかった。田文は家臣のほかに食客とよばれる異等者《いとうしゃ》をかかえている。特異な才能をもっている者たちということである。そのことを考慮にいれれば、楽毅のさきに立って案内する男は、

——わしが中山の宰相の子であるかどうかみきわめる才能があるのではないか。

ということではあるまいか。

きみがわるい、といえば、なるほどそうである。

回廊《かいろう》を歩き、瀟洒《しょうしゃ》な小部屋にみちびかれた。

「しばらくお待ちくだされ」

と、いわれた楽毅は、庭に目をやった。

池がある。あざやかな緑が浮いている。そのむこうにある柳が、かすかにゆれている。池のまわりには、紫や碧《あお》の石がおかれ、そのあいだに玉製の座がみえる。

微風がそれらの色をうつしてすぎてゆくようである。

「ごてごてと飾りたてていないところがよい」

と、楽毅がいうと、目が醒《さ》めたような表情の丹冬は、

「こんなみごとな建物は、はじめてみました。軒楹《けんえい》の美しさはどうでしょう。わが国の王宮もこれほどではありません」

と、いい、うわむいた。

いちど去った鳥の冠の男がまたあらわれ、

「庭でお会いなされるそうです。従《とも》のかたはここで——」

と、揖《ゆう》の礼をして、楽毅を池のほうへみちびいた。楽毅は臆《おく》することなく歩いた。すでに自分は田文に視《み》られているような気がした。

碧い石の近くにくると、男はまた揖をした。

「ここにおすわりください」

と、いうことであろう。

楽毅は土の上に腰をおろした。すぐに戸のひらく音がした。池の正面に建つ大きな家の戸がひらき、小柄な男が履《くつ》をはいてでてきた。

——あれが薛公だ。

横目で人影をとらえた楽毅はおもむろに立ち、拝礼をおこない、田文が玉製の座に腰を落ちつけると、すわった。

「土の上にすわらせたことを、無礼である、とおもわぬように――」

と、はじめに田文がいった。

「いきなり押しかけ、拝謁《はいえつ》がかないましたことを喜んでおります。無礼を謝さねばならぬのは、わたしのほうです」

と、いいつつ、楽毅は呼吸が乱れた。

田文からつたわってくるものがある。気の重さといってよいであろうか。田文の小さなからだから発散されるものが強烈に楽毅を襲った。

――威圧されるとは、こういうことか。

すわっている自分のからだが浮きそうに感じた楽毅は、田文の胆力《たんりよく》のすさまじさを想《おも》った。これが戦いであれば、一撃で自分は倒されている、と楽毅は舌をまいた。自分には勇気も胆力もあると信じてきたのだが、田文のまえにいると、自分が吹き飛ばされそうである。

——学問だけでも人格は練れぬ。

楽毅はそんなことを全身で感じた。

「さて、ご用件は、ときけば、かたくるしい。かといって、世間話をのんびりきいているわけにはいかぬ」

要するに田文は、中山の宰相の子と正式に会うと、うるさい問題が生じるので、私的に内密に、どこのたれとも知れぬ訪問者に会ったということにしたいらしい。

それを察した楽毅は、

毅「てみじかに申します。趙王が恒山の九門宮にこもり、それから野台を築かせ、南方を望見したことをご存じでしょうか」
と、肚《はら》をすえなおしていった。

楽「知っている」

「恒山から南方を望みますと、中山と斉がみえることになります」

「そうなろう」

「さすれば、やがて趙は中山と斉に兵をむけてくることになりませんか」

「ないことはない」

「すると、地形でいえば、中山は斉のために趙軍をふせぐことになります」

「かつてはそうであった」

中山と斉があいかわらず同盟国であれば、なるほど楽毅のいう通りであるが、いまや中山と斉は敵対している。中山は斉のためのふせぎにはならない。

「ふたたびそうさせたいというおぼしめしはございましょうや」

ここが肝要である。田文に中山との陰悪な関係を改善したいという意志があれば、斉の王室はふたたび中山の王室とむすんでくれるであろう。田文にはそれだけの力があり、かれは約束をけっして破らない人である。だからこそ田文は斉のみならず天下の声望を一身にあつめているのである。

「あるよ」

田文はあっさりいった。目だけが笑った。

中山の位置がよい。それが斉の武器だとすれば、趙の腹に匕首《ひしゅ》をあて、燕《えん》の足に剣をあてたことになる。一国をもって両国を身動きできなくさせることができる。

「かたじけない仰《おお》せです」

田文が肚のうちをさらりとみせてくれたことに楽毅は感動した。

が、田文は目のなかの笑いをすぐに消した。

「斉と中山とは訂盟《ていめい》したほうがよい。たれが考えてもそうだ。ところが現実はそうではない。政治と外交とはそれほどむずかしい、といいたいところだが、じつはそうではない。斉も中山も、往時は君臣《くんしん》に賢人《けんじん》がそろい、いまは愚者《ぐしゃ》がそろっているにすぎぬ。わしもその愚者のひとりよ」

そういわれて楽毅は困惑した。

田文が愚者とはとてもおもえない。斉と中山とが交誼を回復するのがむずかしいといいたいのであろうか。それともいまの斉王と中山王の聴政《ちょうせい》のありかたを批判しているのであろうか。

楽毅が胸のなかで問いつづけていると、田文は腰をあげ、立ったまま池をながめた。

楽毅がはっと立とうとすると、田文はかるく手で制し、

「趙王の野望は大きいようだ」

と、つぶやくようにいい、さらに、

「趙王はすでに燕《えん》と秦《しん》とに恩を売っている。存じているか」

と、楽毅の見識を量《はか》るようなききかたをした。楽毅はなかば胸を張った。

「存じておりますのは、かつて燕が乱れたとき、人質として韓《かん》にいた燕の公子をよびよせ、燕に送りこんで王として立てたことです。が、趙王が秦にたいしていかなる恩を売ったのかは、存じません」

そのこたえは、田文を満足させたようである。

――この若者は外交の本質がわかるようだ。

と、いいたげな笑みを口もとにみせた田文は、足もとに目を落とし、

「秦王が亡《な》くなった。つぎの王の席に、燕に人質となっていた公子稷《しょく》をすわらせるために、秦へ送った。いまごろ、公子稷は即位式を挙げているであろう」

と、最新情報を楽毅にあたえた。

楽毅の胸に不安の翳《かげ》がさした。考えるまでもなく、趙王は自国の左右にある隣国に恩を売り、攻めこまれる危険をなくしておいて、中山を攻略するつもりであろう。長

期戦になってもよいという準備をおえようとしている。

「取ろうとする者は、まず与える。いつの世も人のやることにかわりはない」

ふたたび顔をあげた田文はまなざしをさらに高くした。

「趙王の野望は、中山や斉にとどまらず、天下にあると仰せになるのですか」

「そういうことだな。ひとつ、教えてつかわそう。いま趙王の使者が聘物《へいぶつ》をかかえて斉にきている。わが国の王はそれを上機嫌で納めた」

「中山は斉王ではなく、薛公と結びたく存じます」

「はは、さすれば、わしは謀叛《むほん》人になる」

田文は笑声を残して歩き去った。楽毅は立ってその後姿に拝礼した。

三

薛公邸《せつこうてい》を出るや、丹冬《たんとう》は、

「いかがでございました」

と楽毅《がつき》にきいた。そのことばにはいろいろなふくみがある。

「薛公についていえば、天の気をもった人だな。風雨を吐きだすことができる。彼に撃ちかかろうとしても、ひと息で飛ばされよう。飢渇《きかつ》した者は、慈雨《じう》をあびることができよう。中山《ちゅうざん》は薛公にすがることだ」

「小さな人にみえましたが……」

「ここは――」

楽毅は自分の腹をたたいて、

「万人にまさる」

と、いって、歩をはやめた。突然、楽毅の足がとまった。

目の前に鳥の冠の男がいた。

かれはふたつの箱をささげ、

「ひとつは趙《ちょう》の楽池《がくち》さまへ、ひとつはご尊父へ、と主人に申しつかりました。どうぞ、お納めを」

と、うやうやしくいった。

「なかを拝見してよろしいか」

楽毅は箱のふたに手をかけた。箱は竹製でうるしが塗られている。ふたをあけてみた。冠がみえた。ほかの箱もおなじである。

「たしかにうけとりました。薛公のお心遣いにあらためて感じいりました」

楽毅はそういいつつ、ふたつの箱を丹冬に渡した。

鳥の冠の男は揖の礼をした。

「では――」

楽毅はふたたび歩きはじめた。

「どうもあの男はきもちが悪い」

と、丹冬はいった。

「ふむ、まず、わしが趙の楽池どのとつながりがあることを知っているぞ、と薛公はいいたかったのだ」

「主《しゅ》は楽池さまの家人ということで、斉にきておられるのですからな」

「この冠は、楽池どのとの交誼《こうぎ》をたいせつにせよ、ということか」

「では、ほかの冠は——」

「父への苞苴《みやげ》をくれたのだろう」

「それだけでしょうか」

丹冬は考えつつ歩いている。

「苞苴を買えそうもない、この身なりを、あわれんでくれたのだろう」

楽毅は笑声をまじえてそういったが、丹冬はうなずかなかった。

楽毅の話からすると、田文はそんな単純な男ではなさそうで、楽毅の父への贈り物にも意味があると考えたいのである。

部屋にもどった丹冬は、さっそく箱から冠をとりだして、ながめた。

「これは——」

丹冬はおどろきの声をあげた。

ひとつは常用の冠といってよい委貌冠《いぼうかん》であるが、ほかのひとつはみなれない冠である。赤銅色《しゃくどういろ》の羽の冠である。

「鶡《かつ》だよ」

楽毅はことともなげにいい、眼をほそめた。

「え、これが——」

山に鶡とよばれる鳥がいることは知っている。が、丹冬はみたことはない。鶡という鳥は勇敢で、仲間を守り、死ぬまで戦いをやめないといわれている。

「趙王の冠も鶡冠《かつかん》といわれております」

「おそらく、これに似たものであろう」

楽毅は丹冬から冠をうけとり頭にのせてみた。すると、なんとなく気が剡《するど》く立ってくるように感じたから、ふしぎなものである。

「中山は趙と死ぬまで戦え、と薛公はいったことになりますか」

「いや、そうではあるまい」

楽毅はしばらく冠をのせたまま考えていたが、首をひねり、冠を箱にもどした。そのとき、また首をひねった。

「丹冬、箱のなかの色がちがうな」

「そうですね。委貌冠のほうは黒一色ですが、鶡冠のほうは青と赤で塗りわけられています」

「ふむ……」

楽毅は箱のなかを凝視した。

やがて、はじけるように笑った。

「なんのことはない」

「さようですか」

「そうよ。青と赤の色の組みあわせを、文《ぶん》、という。赤と白なら、章《しょう》、だ。文というのは、薛公の名よ」

「はあ……」

丹冬はなかば口をひらいた。かれは田文の諱《いみな》を知らなかった。

「薛公、すなわち田文は、趙王のむこうをはって、やはり同盟した者は死ぬまで守り通すといってくれたのだ。これは薛公の信義のあらわれだ」

と楽毅はおしえた。

「それなら、いそいでお帰りになり王と重臣がたをお説きにならねばなりません」

丹冬は内心驚嘆しているのである。田文は楽毅を中山の宰相の子であるとみきわめた。楽毅が斉《せい》に留学していることは知らないにしても、趙の楽池が楽毅を斉によこしたらしいことをつかんでいた。居ながらにして天下の情報が田文のもとにあつまっているようである。中山は田文とむすべば、趙の脅威からまぬかれることができる。今日の一事は、そのことを丹冬に強烈に語りかけている。

「そうしよう。明日、田氏に帰国をつげ、明後日、発《た》つことにしよう」

楽毅は翌日田氏の家へ行った。

「お帰りになるの」

幼児をあやしていた田氏の妻はおどろいた。

「三年の留学ということで親のゆるしを得てきたので、帰らなければなりません。ご厚情は生涯《しょうがい》忘れません」

「ご厚情というほどのことをしておりません。お帰りになったら、主人がさみしがります」

「わたしも残念です」

楽毅はわずかにうつむいた。

「あの……」

と、いいながら、田氏の妻は膝《ひざ》をおくって楽毅に近づき、

「これはきいてはいけないかもしれませんが、あなたは高貴な身分のようにおみうけしました。もしよろしかったら、まことのご身分をおあかしくださいませんか。人に知られてはまずいのでしたら、主人にも申しません」

と、小さな声でいった。

「はは、ご妻女、わたしは趙からきたただの楽氏です」

「そうでしょうか」

田氏の妻の目に淡く怨《えん》の色がでた。

「むろん、帰国してから、大いに忠勤をはげみ、昇進したいという気はありますが……」

「賤臣《せんしん》にはみえませんわ」

そういわれても、楽毅はついに素性をあかさなかった。中山の者とつきあいがあっ

たとわかると、よけいな迷惑がかかるといけない。そう考えたからである。

それから楽毅は丹冬をつれて、市場へ行った。

「田氏に挨拶《あいさつ》をしてくる。ここで待っていよ」

楽毅は市場の役所へゆき、田氏をさがした。田氏は見回りにでていた。しばらくすると田氏がかえってきた。

「おお、楽氏、ちかごろ教場で顔を見ぬので、どうしたのかと心配していたぞ」

「すでに師には、帰国を告げてあります」

「え、帰るのか」

田氏は肩を落とした。

「よい憶《おも》い出ができました。お礼を申します」

「いや、いや」

と、手をふった田氏は、さみしそうな顔つきをかくさなかった。

「明日、臨淄《りんし》を発てば、二度とお目にかかることはないとおもいます。いつまでもご健勝で――」

楽毅は頭をさげた。足もとに風がながれた。

翌朝、楽毅は馬車で臨淄を出発した。

むろん丹冬が手綱をにぎった。

「独りで斉都にお住みになり、なにを視、なにをお聴きになりましたか」

と、丹冬にきかれた楽毅は、

「独りで生きることはさびしい。自分のさびしさを視、自分のさびしさを聴いたにすぎぬ」

と、いつわりのないことをいった。

「さようでしたか」

「だがな、丹冬、そのさびしさのむこうに、人の真影《しんえい》がある、ということもわかったよ」

「田氏とお知り合いになったことですか」

「田氏はふたりいた。ひとりは市場の役人だが、ひとりは宰相だ。人の偉さというのは、孤独の深さにかかわりがある。薛公はそれをおしえてくれたよ。そういうことは、書物を読んでいるだけでは、なかなか気がつかぬ」

「そういうものでしょうか」

「そうさ。中山のように山川にめぐまれた国にいれば、そのなかで独居《どっきょ》していても、孤独とはいえぬ。つまり山や川は人より優しく、人より多くのことばをもっているということだ」

「ははあ、なるほど、よくわかります」

丹冬は大きくうなずいてみせた。

「なんじにそれをわからせた臨淄はたいしたものだな」

楽毅は一笑した。

斉の国は広大である。

ひろびろとした大地を、馬車はゆるやかに走った。が、ふたりのむから趙の国から戦雲がおころうとしていた。

父子の選択

樂毅

一

楽毅《がっき》と丹冬《たんとう》は趙《ちょう》の首都の邯鄲《かんたん》にはいった。

「静かですね」

と、丹冬は都内をみながらいった。

「そうだな」

人はすくなくないのだが、なんとなく物音に高ぶりがない。

ふたりが乗った馬車が楽池《がくち》邸の門前に着いた。

初老の楽池は温厚な人物である。

楽毅の挨拶《あいさつ》をうけると、

「なにか、お気づきになったか」

と、きいた。

「人の声、物の音につつしみを感じました。王室にご不幸がございましたか」

楽毅は率直に感想を述べた。

「なかなか、するどい」

と、楽池はほめた。そういう問いを発し、こういう応《こた》えをするこの人物は、ただの温厚さにくるまっている凡人ではない。

「不幸が生じた」

楽池の目もとからやわらかさが消えた。

「はあ……」

「その不幸は、わが王室にではなく、そこもとの王室にかかわっている」

「中山《ちゅうざん》の王室に不幸が生じ、それが邯鄲の噪《さわ》ぎをしずめている。謎《なぞ》のようなことをいわれる」

楽毅は楽池の口もとをみつめた。

「まわりくどかったか。ゆるされよ。端的にいえば、わが王はいま中山を攻めている」

「はや――」

楽毅は心に戦慄《せんりつ》をおぼえた。たしかに趙の武霊王《ぶれいおう》が恒山《こうざん》の野台《やだい》から中山を望見してから今年が三年目である。それはわかっているのだが、新年早々に出師《すいし》をしたとは、予想外のことである。

つまさきだって望むことを、企望《きぼう》という。まさに武霊王は中山征服の企望の実現にむかってひた走ろうとしている。

――それほど中山が欲しいか。

さすがに楽毅は慍怒《うんど》をおぼえた。

つぎの瞬間、

――于嗟《ああ》、薛公《せつこう》は偉い。

と、強烈に感じた。薛公・孟嘗君《もうしょうくん》が武力をもちいたということをあまりきかない。

それでも天下の君臣は孟嘗君をうやまい恐れている。天下の人心は孟嘗君に服しているといってよい。だが、武霊王は武力によって他国を攻め取り、それをつみかさねて、諸侯と万民を威服しようとしている。

――武力だけで天下を取れるか。

と、考えるまでもない。否《いな》、である。

だいいち趙兵が諸国の兵とくらべて、きわだって強いわけではない。いま強兵といわれているのは、秦《しん》、斉《せい》、楚《そ》の兵である。秦の軍制は商鞅《しょうおう》によって改革され、斉の軍制は孫臏《そんぴん》によって一変させられた。楚は制度の変革はゆるやかであるが、なにしろ良質の鉄器を生産することでは、中国でずばぬけている。武器の鋭利さで他国の兵を圧倒する。

趙兵には特色がない。

その趙兵を駆使して天下を切り取ろうとする武霊王の意気込みに、愚劣なものを感じた。

「これを――」

と、いって、楽毅は箱をすすめた。

「なにかな」

楽池は箱に目を落とし、また目をあげた。

「冠です」

「さようか」

ふたをとった楽池はおもむろに委貌冠《いぼうかん》を手にとった。

「ほう、良いつくりだ。臨淄《りんし》でつくられたものか」

「そうです」

「わしに買ってきてくれたのか。礼をいう」

「いえ、わたしが買ったのではありません。さる貴人からの贈り物です」

「さる貴人……」

楽池は眉《まゆ》をわずかに寄せた。

それをみた楽毅は口もとに笑みをひろげた。

「なにやら、仔細《しさい》があるようだが」

「おどろくべき――」

楽毅はじらした。

「ふふ、さきほどのお返しか」

楽池は目笑《もくしょう》した。この人物には底意地の悪さはない。性情にねじれはなく、楽毅に同情を寄せている雅人《がじん》なのである。それだけにあらわな表現を好まず、婉曲《えんきょく》を好むところがあるだけなのである。

楽毅「薛公からの贈り物です」

もとより楽毅の性情はまっすぐである。もったいぶることは好きではない。ここは、すぐにはっきりいった。

楽「薛公――」

さすがに楽池は目をみはった。

むろん孟嘗君の盛名を知らぬ楽池ではない。

――なにゆえ、わしに。

と、おどろくまえに、楽毅が孟嘗君に会えたという事実に気づいた。

「面謁《めんえつ》したのか」

「はい。こころよく会ってくださいました」

「わしの名をだしたのか」

「いえ、中山の楽毅として、面会しました」

「よく、なんじのことを知っていたな」

楽池の胸のなかでおどろきが続発している。

「薛公はふしぎな人ゆえ、ふしぎなことができるのでしょう」

楽毅はそういういいかたをして、その事実をあっさり通りすぎようとしたが、楽池はこだわりをみせ、

「薛公の食客《しょっかく》は数千人ときく。それらはことごとく特技をもっているともきく。中山のことをしらべあげた者がいるにちがいない。君臣の名を空でいえる者がいても、おかしくない。趙についても、おなじことがおこなわれたとすれば……」

と、いい、嘆息した。

それをみた楽毅は、ほかの箱をあけて、楽池の膝《ひざ》もとにすすめた。

「これは」

「やはり薛公から、わが父へ贈られる物です」

楽池はのぞいてみて一驚した。

「鶡冠《かつかん》ではないか」

「これを、なんとお解きになります」

「ふむ、死ぬまで戦いぬく、……それを、薛公は、なんじの父に暗示しようとしている。斉は中山とむすぶのか」

さいごはひとりごとのようになった。

――中山が危難からのがれる道は、どう考えても、それしかない。

楽池の浮かない表情をみて、楽毅はよけいにそうおもった。

楽池は同姓のよしみで楽毅の家に同情を寄せてくれるが、なんといっても武霊王の臣なのである。武霊王が中山を伐《う》つといえば、その野望にいささかのためらいもみせずに殉《したが》う立場にある。ひるがえって、楽毅の立場をみても、おなじことがいえる。

――全身全霊で趙王の野望をさまたげねばならぬ。

楽毅はそう割りきっている。

「ついに敵対することになりました」

「不幸なことだが、やむをえぬ」

楽毅の強い語気をうけて立ったようないいかたを楽池はした。

「人が争う場合、欲望を先行させ、怨《うら》みをはじめに与えた者が、かならず敗《やぶ》れております。戦いに必勝の法があるとすれば、まず相手にたたかせる。しかるのちに起《た》つ。過去の大勝の例は、すべてそれです。趙がいま中山に奇襲をかけているのなら、さいごには趙が大敗しましょう」

楽毅は若い烈《はげ》しさをぶつけるようにいった。

「それならば、中山が敗れよう」

楽池はしなやかなうけこたえをした。

中山と趙の攻防についていえば、さきに趙を侵《おか》したのは中山である。武霊王が即位して三年目に、国境に鄗《こう》という城を築いた。そこは中山の軍に包囲されたことがある。槐水《かいすい》とよばれる川の北岸にある城であるが、中山軍は奇想を得て、

——兵で囲むより、水で囲め。

と、はるばる黄河の水を引いて、水攻めをおこなった。のちに武霊王はその攻防について、

——社稷《しゃしょく》の神霊微《な》かりせば、すなわち鄗は守られざるに幾《ちか》からん。

と、述懐した。

先君の御守護がなければ、鄗の城は陥落していたであろう。それほど趙にとって危うい防禦《ぼうぎょ》であった。中山にたいする怨みはそこで生じた。ところで鄗についていえば、この時点では、中山に属している。ということは、鄗はやはり中山に取られることになったか、水攻めによって半壊した鄗から趙兵が撤退したあと、中山兵がはいったか、そのどちらかである。

さきに怨みを与えたのは、中山のほうであり、趙ではない。楽毅の論法にしたがえば、敗れるのは中山であり、趙ではない。

楽池はやんわりそう切りかえした。

「はは」

と、楽毅は小さく笑った。

慍《むつ》としないところが楽毅の器の大きさであろう。

「近くをみればそうですが、遠くをみればそうではない」

中山のあたりに古くから住んでいる民を伐《う》ったのは、知《ち》氏であり魏《ぎ》氏であり趙氏である。そのうち知氏はとうにほろんでいる。楽毅の先祖は魏氏に属《つ》いて中山を伐った。それなのにいまは中山を守ろうとしている自分の奇妙さに楽毅は気づいた。もっといえば、知氏がほろんだように、侵略者である魏氏も趙氏もやがてほろぶのではあるまいか。むろん楽毅の家もである。

――ここか。人の真価は。

にわかに楽毅の心の目がひらいた。

どうせ中山も魏も趙もほろぶ。そのほろびの上に立てば、趙の肥大も繁栄も、なんらうらやましくはない。武霊王の勇躍も幻のようなものだ。おのれの欲望のために他国を侵略し、たとえそれが成功をおさめたとしても、世の人々はどれほどの賛辞を武霊王に呈すであろうか。

——人はそれほど甘くない。

人が人に感心するということは、たいへんなことである。大海《たいかい》のごとき広さの領土の主である武霊王と、大海のなかの孤島にひとしい小領土の主である孟嘗君をくらべてみればよい。

世の人々はどちらに心を依《よ》せ、後世までその業績を語りついでゆくであろうか。

孟嘗君はたびたび自領を捨て、個として天下を闊歩《かっぽ》した。

——ほろびのわかっている人のありようは、あれよ。

それゆえに孟嘗君は不朽なのではないか。

楽毅は腑《ふ》に落ちるものをおぼえた。

——わたしは薛公流の生きかたをとる。

楽毅はさらに笑った。

それを楽池はいぶかしげにみつづけた。

二

邯鄲《かんたん》をでて中山《ちゅうざん》の霊寿《れいじゅ》にむかった。

車上で楽毅《がっき》は、

「趙王《ちょうおう》はわれらより劣る」

と、丹冬《たんとう》に笑いながらいった。

「なにゆえでございますか」

「臨淄《りんし》をみていない」

楽毅は冗談のようにいったが、じつは人の一生において、それがきわめて重要な点であるように感じている。自分は臨淄に住み、その巨大都市をみてきた。が、武霊王《ぶれいおう》は臨淄を知らない。

――そんなことが……。

と、人は嗤《わら》うであろう。

――そんなことが、人の優劣や勝敗をわけるのだ。

いまはともかく、三十年後、五十年後、いや百年後に、楽毅は武霊王に勝つ自信がある。そのためには、武霊王より早く死ぬわけにはいかず、まして武霊王に殺されるわけにはいかない。

さしあたり、中山を守りぬかねばならない。

「守護神は、これよ」

楽毅は冠のはいっている箱をたたいた。

砦《とりで》でとめられた。

「霊寿の楽毅だ」

と、いうと、兵たちはおどろきの目をむけた。宰相の子であるとわかったからである。

「ひとつ、たずねたい。趙軍はどのあたりを通ったのか」

楽毅の質問に兵たちはいっせいに目を伏せた。

――ははあ、兵たちは逃げたな。

この砦が無傷なので、趙軍はここを通らなかったのかと楽毅はおもったのだが、事実は逆で、このあたりを趙軍が通ったために、兵たちは一戦もせずに逃げ、砦は無傷のまま残ったということらしい。

「わかった。無謀な戦いはせぬことだ」

楽毅はそういいおいて、砦をあとにした。

「けしからぬ兵どもだ。長い平和に国民が弛《だ》れたのでしょうか。わが中山の兵がかつて逃げたということをきいたことがない」

丹冬は血の気の多さをみせた。

中山は狩猟民族と魏《ぎ》氏との混合体のようなものである。その狩猟民族の白狄《はくてき》は剽悍《ひようかん》であったし、それを征服した魏氏は中華でもっとも栄え、しかも天下で最強の軍をもっていた。したがって中山の国民性は、父祖が誇りにしていた軍事における強壮さをうけついでいた。

――が、形骸《けいがい》化しつつある。

楽毅は趙軍の進撃のあとをたどってみて暗然となった。

国境の房子《ぼうし》の邑《まち》を経た趙軍は、まっすぐ北上し、代《だい》にぬけている。つまり趙軍は中山国をまっぷたつに割るように縦断したのである。中山軍は野外にでて趙軍の進撃をさまたげようとした形跡がない。

それを知って、丹冬は屈辱感をおぼえたらしく、顔を赧《あか》くした。

国の中央を敵国の軍が通ってゆくのを見守っていただけとは解《げ》せぬ。

楽毅はそう感じ、霊寿に帰り着くと、帰国の挨拶《あいさつ》もそこそこに、父に問うた。

「恫喝《どうかつ》の軍だ。手だしをするのは愚である」

と、父はいった。

「今回はそうかもしれませんが、次回は本気で攻撃してまいりましょう。そのときはどうなさるのですか」

「むろん戦う」

「父上にはいかなる勝算がおありになるのか。孫子の兵法に、いまだ戦わずして廟算《びょうさん》して勝つ者は、算を得ること多ければなり、ということばがあります。戦いというものは、廟前の策戦会議において、勝算が成り立っておらねばなりません」

この国で兵法のことをいったのは楽毅がはじめてかもしれない。

父は眉《まゆ》のあたりをけわしくした。

「中山の地は険阻《けんそ》であり、将兵は勇敢であり、軍の進退は捷疾《しょうしつ》である。趙軍がわが軍にまさるところは、兵員の衆《おお》さだけであろう。なんの兵法が要《い》ろうか」

その感想は楽毅の父ひとりにとどまらないであろう。中山の君臣がいちようにもっているものである。

――将と兵の勇敢さは、すでに趙におとっている。

と、おもった楽毅であるが、それはあえて口にせず、

「父上、兵法というものは、小国が大国に、寡兵《かへい》が衆兵《しゅうへい》に、弱者が強者に勝とうとするときだけ、もちいるものではありません。かつて斉《せい》の威王《いおう》は兵法の効用を知らず、はじめて孫臏《そんぴん》を引見して、兵法の奥深さに驚嘆したといわれています。そのとき威王は、自軍が強く敵軍が弱い、自兵が衆く敵兵が寡《すくな》いとき、どのように兵を用いたらよいか問いました。たとえ優位に立っていても兵法を問うた威王は、真の王者ではありますまいか。それをご賢察ください」

と、力をこめていった。

父は楽毅をにらみすえた。が、楽毅の眼采《がんさい》はおとろえない。

ふと、父の口もとににがさがただよった。

「毅よ。なんじは斉へ行って口弁《こうべん》に長じたか」

実際、楽毅は寡黙の人ではない。だが口舌《こうぜつ》の労を樹《た》てる性情をもちあわせていないので、惱《むつ》と口をむすんだ。

「では、その兵法とやらをきこう。なんじには、いかなる勝算がある」

「存じません」

楽毅はしりぞこうとした。

「待て。毅よ。退室するのは、わが問いにこたえてからにせよ」

叱呵《しっか》をふくんだ声である。

楽毅は腰をすえて仰首した。

「父上、戦争をおこなえば、かならず兵になる民と国費とをうしないます。したがって、至上の策戦とは、戦わずして勝つ、ということではありますまいか」

「いかにも――」

父の眼光はゆるぎなく楽毅をとらえている。

「それでしたら……」

楽毅はおもむろに首をまわし、室外にひかえているはずの丹冬をよんだ。

すぐに丹冬が箱をささげてはいってきた。その箱をうけとった楽毅は、両手で箱を父のほうにすすめ、

「なかをごらんください」

と、しずかにいった。

父はむぞうさにふたをとった。箱のなかにあるものがめずらしい鶡冠《かつかん》であることを知り、問うようなまなざしを楽毅にむけた。

「薛公から父上への贈り物でございます」

楽毅はさりげなくいった。

「薛公――」

さしもの父もおどろきをかくさず、なかの冠に手をのばした。

「毅よ。なんじは薛公に会ったのか」

「はい」

すずしい返答である。

「これは鷃冠だな。薛公がなにゆえわしに――」

父はとりあげた冠を膝のうえにおき、そのうえに疑問を落とした。

「箱のなかは青と赤で塗りわけられております。すなわちそれは薛公の諱《いみな》をあらわし、鷃冠は薛公の翼となるものをかばい通す意志のあらわれとみました。父上、なにとぞ、すみやかに斉へ使者をお立てください」

楽毅は長身を折りまげた。

「毅よ」

父は嘆声を発した。

顔をあげた楽毅は、沈毅《ちんき》そのものにおもわれていた父にうろたえのようなものをみた。

三

楽毅《がっき》の父はそわそわと腰をあげたが、またすわり、

「丹冬《たんとう》、この室に何人《なんぴと》も近づかぬよう、外におれ」

と、きびしい口調で命じた。

一礼した丹冬が室外にでるのをみた父は、

「毅よ。この鶡冠の贈り主が薛公《せっこう》であるとわかると、われわれは内通者にされかねぬ。なんじはわが国の民の感情がわからぬかもしれぬが、斉《せい》をきらいぬいている」

と、声をひそめていった。

「王号の一件からでございますか」

「そうよ。斉はわが国を属国視してきた。同盟といえばきこえはよいが、実情は、わが国は虎《とら》の息をうかがうように斉に仕えてきたのだ。が、わが国はりっぱな独立国よ。それを天下に知らしめ、民に誇りをもたすために、わが君公は王を称《とな》えた。それを怒

り、国交を断った斉は傲慢《ごうまん》だとはおもわぬか」

「まことに」

楽毅があっさりいったので、父は、おや、という表情をした。

「そのとき斉の王は威王《いおう》であり、宰相は靖郭君《せいかくくん》であった。わしがなにをいいたいか、わかるであろう」

楽毅　「わかります。靖郭君は薛公の父です。中山《ちゅうざん》の民のにくしみは、薛公の家にむけられている、ということでありましょう」

「そこまでわかるのであれば、この冠がわが家にとっていかに危険なものかも、わかるはずである」

楽　「父上——」

楽毅は膝《ひざ》をするどくすすめた。

「父上は薛公にお会いになっておられぬ。が、わたしは会いました。あの人は、たしかに斉の宰相ではありますが、その宰相である以上に、薛公個人なのです。中山が助けを斉にもとめてことわられることがあっても、薛公にすがれば、薛公は衣を払って立つでしょう。斉兵をつかわず、私兵の数千人を率いて、中山を救おうとするでしょう」

楽毅がそういうと、父は口をひらきかけたが、ことばをだざず、口をつぐんだ。

——数千の兵で中山を救えるか。

と、いおうとしたのかもしれない。

楽毅はそれをみすまし、ことばに渾身《こんしん》の力をこめた。

「薛公の兵が、わずか数千であると趙王は嗤うでしょう。ところがすぐに青ざめるはずです。薛公がうごけば、天下の軍がうごく。薛公という人は、そういう人です」

「うむ」

楽毅の言が肚《はら》にこたえたのか、父がふたたび手にとった冠は、しばらくふるえていた。

そのふるえがとまったとき、楽毅は、

「薛公から語《つ》げられたことですが、趙王《ちょうおう》は斉王《せいおう》に聘問《へいもん》の使者を立てました。聘問というのはおもてむきで、じつは、中山を共同で攻めようという誘いの使者です。斉王は上機嫌でその使者を迎えたそうです。するとわが国は斉、燕《えん》、趙の三国にとりかこまれ、どこにも援助を乞《こ》うことができない。わが国の民の感情のなかにこもっていては、自滅してしまいます。内通者の汚名をこうむっても、民を救う手だてを講ずるべきではありませんか」

と、いった。

なにも、父が薛公への使者に立つことはない。

——毅よ、なんじが使いをせよ。

と、命じてもらえれば、楽毅は喜んで斉へ発《た》つつもりである。

「むずかしいことをいう……」

父は冠をはなし、腕を組んでしまった。

楽毅にはおしえてないことであるが、かれは中山王にすすめて、燕へ使者を立てたのである。その使者はまだもどってきていない。

——燕が力をかしてくれれば、趙の侵攻をしりぞけることができる。

むろん、国民を裏切るような薛公への接近をしなくてすむ。楽毅を退室させたあと、父はなおも考えこんでいた。

——毅に、あのような外交の才があったとは。

毅はかたくなをもっている子であった。が、三年の留学が、かたくねじれたものを矯《ただ》した。三年前の毅といまの毅とは別人のようである。父の目にはそうみえる。

——みごとな三年であった。

と、ほめてやりたいところであったが、そのまえに毅がもたらした問題が大きすぎた。

「薛公に単身で会いに行ったか」

そうつぶやき、そのつぶやきをうれしいおどろきで染めた。中山の者ならたれも考えぬことである。薛公自身、中山の国民からどうおもわれているか承知しているであろう。にもかかわらずふたりは会見した。

——わしが想《おも》っているより、毅は器量が大きい。

父は微苦笑した。

数日後、燕王《えんおう》に謁見《えつけん》した使者が帰ってきた。

可もなし、不可もなしという復命であった。つまり燕は七年前に滅亡同然になり、いま復興のさなかなのである。軍を国外にだすゆとりがない。ということは、趙に誘われても、中山に請《こ》われても、出兵しないということである。ことばをかえていえば、

——燕は中山の味方にはならぬが敵にもならぬ。

ということである。中山は燕を滅亡に追いこもうとした斉に手を貸している。その怨《うら》みをたやすく燕が忘れるはずはない。

「ていのよいことわりだな」

と、父はつぶやいてみて、毅のことばがかなりの重さをともなってよみがえってきた。

——内通者の汚名をこうむっても、民を救う……。

勇気のある発言である。

もしもそれを実行するのであれば、毅を斉へつかわして、自身は死を覚悟で王を説かねばならない。へたをすると楽氏の家は、国民の怒りによって、潰滅《かいめつ》させられてしまう。

「待て、待て」

父は自身をたしなめた。

薛公が中山を援助してくれるとわかっていても、その俠気《きょうき》の手にすがるのは、中山の宰相としては危険すぎる。国が窮地に追いこまれなければ、国民を説得できない。

——ここは魏《ぎ》に頼ったほうが無難だ。

かれは参内《さんだい》して中山王に魏王へ使者を立てることを進言した。

「なんのための使者か」

と、中山王はきいた。この王は自国の防衛に危機感をまるでいだいていない。おなじ気分を側近たちももっており、さきに燕へ使者を立てたときに、大いに難色をしめした。要するに、他人に頭をさげることがきらいな者ばかりが、宮中の高位にずらりとすわっているのである。

「むろん聘問のためでございます」

ここは角立てないようにいうしかない。聘問は通常の挨拶といってよい。

「ふむ、聘問か。それならいまでなくてもよかろう。それに、使者は、どこを通って魏へゆくのか。わが国の三方をかこんでいる趙が、その使者のために関所の戸をあけてくれるとおもえぬが……」

「恐れながら、その使者をおつかわしになるのは、いまがもっともふさわしいと存じます。その使者が趙のどこかを通らねば魏にはいれぬことは、申すまでもありません。関所が塞《ふさ》がれておりますので、関所のないところを通るのです」

楽毅の父は目に微笑を浮かべた。

「ほほう」

中山王の口もとがゆるんだ。嗤《わら》いが皮肉をふくんで目もとに達した。

左右の臣から失笑がおこった。

「卿《けい》が戯言《ぎげん》を弄《ろう》するのをはじめてきいた。そうよ、関所が通れなければ、関所のないところを通ればよい」

ついに中山王の口から笑声が漏れた。が、よくみればこの王の目は冷えている。

王が笑ったので左右の臣ははばかりなく哄笑《こうしょう》した。

その笑いはすべて侮蔑《ぶべつ》にひとしい。

楽毅の父にそのことがわからぬはずはなかったが、かれは平然とあたりの笑いが熄《や》むのを待っていた。

かれが仕えている中山王は即位して十七年目になる。

王の質としては粗悪ではなく、臣下や庶人を愛する心はほどほどに篤《あつ》いが、かれの関心は隣国の燕と趙におよぶだけで、自国のやすらかさがつづくと、その関心も縮小しがちであった。

――他国にたよらず、中山の国威を高めた。

この王にはそういう自信がある。たしかに中山の国力の充実は、この王がはたしたが、中山の繁栄は趙にとって危険になったのである。

――これ以上富み栄えぬうちに、たたきつぶしておかねばならぬ。

と、武霊王にそうとうな覚悟をさせたことを、中山王が深刻にうけとめなかったのは、おのれの誇りのなかで外交の感覚が鈍重さをましていたからであろう。

したがって中山王は、独力で趙軍を撃退できると信じているし、趙の南にある魏へばたばたと使者を送りだすことは無益であるとおもっている。

——宰相はなにをうろたえているのか。みぐるしい。

もうすこし肚のすわった男かとおもっていたのに、みかけだおしである、とさえおもった。

「魏への使者はだささぬ」

中山王の笑いは、にがいことばにかわった。

——しりぞくがよい。

と、楽毅の父へいったつもりであろう。

中山王に諷諫《ふうかん》が効《き》かぬとなれば、直諫《ちょっかん》をせねばならぬ。だが直諫をくりかえして、この王の目を醒《さ》ますことができるであろうか。むしろ王の怒りを買い、宰相の地位から逐《お》われた場合、真に国家と国民の将来を考える者がいなくなるのではないか。その愚をおかさぬためにはどうしたらよいか。

楽毅の父は王の気色にさからわず、ここはいちど引こうとした。

そのとき——。

「魏へ使者をだされるべきです。いや、魏ばかりでなく、斉への使いも、ご一考なさるべきです」

と、王にむかって、朗々《ろうろう》と意見をかかげた者がいた。

魏《ぎ》への使者

一

太子である。

この中山王《ちゆうざんおう》のあとつぎは、充分に壮年に達しており、目と鼻のつくりは巨《おお》きく、皮膚は皓《しろ》く、美しい鬚髯《ひげ》をもっている。英雄の風貌《ふうぼう》といってよいであろう。中山王の近くにいる者で、自国の将来に切実な危機感をいだいているのは、太子だけであるといっても過言ではあるまい。

かれは一時期、人質として燕都《えん》に住んでいた。

燕に内乱が生じ、その乱はふくれにふくれて数万の死者をだすにいたって、斉軍《せい》に攻めこまれ、滅亡同然になった。そのとき中山の太子は戦火をかいくぐって帰国したのである。

——国は滅ぶ。

太子は目のまえで一国の崩壊をみた。

大乱の原因は、燕王が宰相の子之《しし》を信用しすぎたところにある。その程度ははなはだしく、燕王は隠居し、王の席を子之にあたえ、国政を全面的に子之にまかせた。それを知った臣庶《しんしょ》は、

「王は子之の臣となった」

と、いい、子之の専政を怨《うら》んだ。

国民の怨嗟《えんさ》の声の高まりに乗じて、燕の太子の平《へい》と将軍の市被《しひ》とが戮力《りくりょく》して挙兵し、子之を攻撃した。これが乱のはじまりである。王のかわりに政治をおこなっていた子之は、当然、正規兵をにぎっており、私兵と民衆にたやすく負けるはずがない。

——子之に勝てぬ。

と、わかった市被将軍は、すばやく子之に通じ、戈矛《かぼう》を転じて太子平を攻めた。が、

太子平は勇猛果敢であり、市被将軍の裏切りにめげず、兵をはげまして、敵軍を大破し、市被将軍を討ちとった。このあたりから、乱の規模が大きくなった。国民がふたつに割れたのである。二大勢力の激突がくりかえされるうちに人心は荒廃し、国民は愛国心を喪失した。そこを斉軍に攻めこまれたので、燕軍はひとたまりもない。燕王は戦死し、子之は国外に脱出したが斉軍に殺された。太子平のみがこの危機からかろうじてのがれた。

この時点で、燕は滅亡した。

その燕が復興したのは、趙《ちょう》の武霊王《ぶれいおう》の助力による。武霊王が、

――斉に河北へ進出されてはこまる。

と、考えたことが、燕を復興させた最大の理由であろうが、とにかく亡国の民に同情をよせるかたちで、趙が黄河の東にもっている地を斉にあたえるかわりに、燕の占領を解除してもらうことを提言し、斉王の認可をえた。つづいて韓《かん》に人質としていた燕の公子の職《しょく》を帰還させ、燕王に立てたのである。そのことにより、武霊王は燕に恩を売ったことになる。

公子職が燕王の位に即《つ》いて、燕の人心はしずまったかにみえた。が、二年後、王の席には太子平がすわった。

——なにがあったのか。

中山の太子にはそのあたりの詳細はわからない。わかっていることは燕王職が死んだということであり、あの大乱のなかで生きのびた太子平が新しい燕王になったということである。

中山の太子が燕都にいるとき、

「太子平が斉軍の助力をえて、挙兵するそうです」

と、臣下からきかされた。それがまことであれば、宰相の子之の専横をにくむ太子平が斉と密約をおこなったのち、子之の攻伐にふみきったのに、斉軍は太子平を助けず、燕を征伐したことになる。つまり、太子平は斉に裏切られたのである。したがって太子平は即位してから斉に国交をもとめないでいる。その点は中山と燕はおなじである。

——そのように斉は信用がならぬ。

といえば、そうかもしれない。

「だが……」

と、この明晰《めいせき》な頭脳をもった太子は、世評にまどわされない。

「薛公《せっこう》が魏《ぎ》から斉へもどったときいている。薛公が信義の人であることは周知のとおりです。薛公を説き、斉とむすべば、おのずと魏と韓は、わが中山を助け、趙王の野望をくじきましょう。王よ、まず斉へ使者をお立てになるべきではありませんか」

太子の声が高らかであったので、楽毅《がつき》の父はおもわず破顔しそうになった。

それにひきかえ、中山王と重臣たちの渋面《じゅうめん》はどうであろう。

――もっとも憎むべき斉に助けを乞《こ》うとは、なんたる愚言か。

たれもがそういいたげな顔つきをしている。

「太子よ。斉へ往《ゆ》くには、わしは王の称号をおろさねばならぬ。それを忘れてはならぬ」

中山王は胸中に湧《わ》いたにがさを吐きだすようにいった。

ところがこの太子は中山王の感情を無視するように、

「王の称号など、幻《まぼろし》にすぎません。王を罷《や》め、侯となられて、斉との友誼《ゆうぎ》の道を啓《ひら》くべきでありましょう。げんに趙王は、あれほど広大な土地を有しながら、臣民には君《くん》とよばせております。趙王は、五国の主が王を称《とな》えても、わしには実績がない、どうして王の名に安居できようか、といったそうです。が、その謙譲こそ、野心の大きさをあらわしており、王の王たらんと欲しているのではありますまいか。王の王とは、天子のことであります。わが中山は天下にそのことを知らしめるためにも、斉や魏に使者を送らねばならないと存じます」

と、滔々《とうとう》と述べた。

口をはさむすきをみつけることができなかった側近や重臣は、太子の口がとじるや、

「太子、おことばがすぎましょうぞ」

と、たしなめに叱声《しっせい》をふくませた。王の称号など幻にすぎぬ、とは、なんという不《ふ》遜《そん》であろう。ごらんなされよ、中山王の顔が怒りで蒼《あお》くなっているではありませぬか。かれらはそういいたげな目つきをした。

——国が滅んで、なにが王か。

太子の認識の底にはそれがある。

趙軍に中山国を縦断されたのは事実なのである。

体面や旧怨にこだわっている事態はすぎたとみなければならない。

目前でおこったことがまるでみえていない王や群臣の頭はどうなっているのか。太子は楽宰相が燕に助力を請《こ》うた迅速さを評価している。その燕が助力をことわってきたのであるから、危機感を重厚におぼえて当然であるのに、暴風雨が去ったあとののどかさを楽しんでいるような朝廷の空気は信じがたい。

「太子、斉に誼《よしみ》を通じれば、燕はわが国を攻めるかもしれぬ」

と、中山王は怒りでふるえる唇でいった。

「王よ、燕は趙をはばかり、静観の態度を保つつもりです。燕はわが中山が滅ぶまでその態度をつづけるでありましょう。そう想《おも》うとき、燕を顧慮することにいかなる意義があるのでしょうか」

「黙れ」

と、中山王は一喝するにちがいないと重臣たちはおもった。が、中山王は青ざめつ

つ、

「わかった。使者をつかわそう。しかし斉へではない、魏へだ」

と、いったので、重臣たちは、

――王は太子に押しきられた。

と、みた。中山王の目がすこし赤い。

「ご英断と存じます」

太子の拝礼に楽毅の父はならった。

「さて、その使者だが、魏王にあなどられぬために、太子、そなたに往ってもらわねばならぬ」

中山王の声をひやりと感じた楽毅の父は、すかさず、

「その使いは、わたしにお命じください」

と、訴えるようにいった。

太子は国主の後継者である。国主に万一のことがあった場合、すぐに即位する必要があり、そのためには国をはなれてもらってはこまるのである。楽毅の父が危惧《きぐ》した

のはそのことだけではなく、魏との往復は生命に多大の危険がともなうということである。道中で横死《おうし》されては、中山にとって、とりかえしのつかぬ損失になる。

「いや、太子に往ってもらう。なんじがおらねば、国政はたれがみるのか」

あいかわらず中山王の眉《まゆ》はけわしい。

「王よ、わたしでよろしかったら、喜んでまいります」

太子はうやうやしく王を拝した。

二

帰宅した楽毅《がっき》の父は、すぐさま楽毅をよび、

「藪《やぶ》をつついたら蛇がでた」

と、いい、太子が魏《ぎ》へむかう使者となったいきさつを話した。

「王にはご愛妾《あいしょう》がございますか」

と、楽毅はしずまった目を父にむけた。

「するどいな」

　父は苦笑した。じつはおなじことを考えて退廷してきたのである。中山王《ちゅうざんおう》には寵《ちょう》妾《しょう》がいる。その寵妾は子を産み、その子はすでに十歳をすぎている。

　――できることなら。

と、中山王は考えはじめたのではないか。自分が愛している妾の子を太子にしたい。だが廃嫡《はいちゃく》はたやすくできることではない。おこなえば朝廷にかならず波風が立つ。家臣のまとまりがこわれる。しかし、

　――太子が死ねばどうであろう。

なんの問題も生じない、と中山王はあのとき瞋怒《しんど》しつつ胸の底では冷静な想念をめぐらしていたのではあるまいか。

「太子は英主になられる素質は充分にある。殞命《いんめい》などということがあってはならぬ」

「はい」

「太子が往途か帰途かでお斃《たお》れになれば、わが中山は趙《ちょう》に滅ぼされるまでもなく、自滅する」

「父上——」

楽毅の目に冷静さを破ってくるものがある。

「太子はそういうかただ。わかったか」

「よくよく肝に銘じました」

「そこで、毅よ」

「わかっております。太子をお衛《まも》りして、魏へゆくのでございましょう」

楽毅はのみこみがはやい。

「そういうことだ。多数でゆけば趙兵の目につきやすい。少数で潜行することを具申し、王のお聴《ゆる》しをいただいてある」

「即断をたまわったのですか」

「ふむ……」

べつの想念にあたったという口もとのあいまいさになった。

「父上、外の敵より内の敵のほうが恐ろしいのです。王の近くにおられるどなたかの息がかかれば、賊が生じ、その賊が太子を襲うということがあるやもしれません」

「なんじのいう通りである」

太子の生母は斉《せい》の公女であった。その生母はすでに病歿《びょうぼつ》しているが、斉の公室の血がはいっている太子に、一滴の愛情もそそいでいないというのが中山王の現状である。

「太子が帰還なさるころ、国境への目くばりを、おねがいいたします」

往《い》きよりも復《かえ》りのほうが危険が多いと楽毅は考えている。

「わかった。わしもぬからぬようにいたそう」

父は家臣のなかから屈強の者をえらび楽毅に属《つ》けた。むろんそのなかには丹冬《たんとう》がいる。

「よいか。趙にはいったら、われらは魏の王室へ玉器《ぎょくき》をおさめる工人になりすます。こころえておくように」

と、楽毅は数名の従者たちにいった。楽毅は父の口を通して太子に、

「ご礼服は荷にかくし、微服なされ、従者の数は十人をでぬように」

と、願ってある。

楽毅は太子の知能も性情もよく知らない。太子はながく燕《えん》にいたし、太子が帰国す

れば、楽毅が斉へゆくというように、顔さえしっかりあわせたことがない。

いくら父が、

「太子は大器である」

と、いっても、気性が適《あ》う適わないというのはべつなところにある。おなじような懸《け》念《ねん》は太子ももっているであろう。

楽毅は霊寿《れいじゅ》を出発する前日に太子に面謁《めんえつ》した。

——なるほど、すぐれておられる。

と、感じたのは、楽毅の到着を俟《ま》って、太子が門前に出迎えていることを知ったからである。よほどの賓客《ひんきゃく》を迎えるのならそうするであろうが、まだ陪臣《ばいしん》といってよい者をそれほどの鄭重《ていちょう》さで迎える太子のことをきいたことがない。

楽毅は恐縮をあらわし、門内で進路を太子にゆずった。が、太子は、

「このたびの旅を戦いにたとえれば、わしが将であり、なんじが軍師である。この将はたよりないゆえ、軍師に万事を任せるつもりよ」

と、いい、楽毅に路《みち》をゆずった。

たがいにゆずりあって路を進み、堂にのぼった。

――これこそ礼だ。

と、楽毅は感動した。

中山の未来を暗く描きつつあったかれの心の筆がとまり、にわかに明るい色彩をえらんだ。この人がつぎの君主か、とおもえば、愁眉《しゅうび》が開いてゆく。

「なんじは三年間趙で学問をしていたそうな」

と、太子はやわらかく切りだした。

楽毅は即答をせず、堂上にいる太子の近臣をみた。どの臣も太子に信用されているようであるが、自分の発言が外へ漏れると、父をはじめとして迷惑をおぼえる人がいる。太子には真実を語《つ》げたくても、臣下がいる席での発言は慎重を要する。

「趙ではない、と申し上げておきます」

黙っていればすむことかもしれないが、太子に好意をいだきはじめた楽毅は、自分の誠意をあらわすためにそういった。

「趙ではない……、では……」

問いのするどさを楽毅にむけようとした太子は、ふとおもいあたったように、ことばをのみこみ、左右をむいて、

「軍師どのと密謀《みつぼう》がある。そのほうどもはさがっていよ」

と、いい、あえて笑声を放った。

その笑声のおわらぬうちに、楽毅も丹冬たちに目くばせをして退かせた。

堂上に余人の影がなくなったことをたしかめた太子は、

「斉におられたか」

と、驚嘆をこめていった。

「ご推察の通りです。三年間、臨淄《りんし》に住み、孫子《そんし》の兵法を学んでまいりました」

「ほほう、それはうらやましい。わしの体内にも斉の血が流れている」

「存じております」

「臨淄のにぎわいのすさまじさは母からきいた。人ごみを歩けば、朝つくった衣服も、夕にはすりきれるそうな。まことか」

「なかば、まことです。車の轂《こしき》がぶつかり、人の肩がすれるのは、しばしばです。路

上ではあちこちで闘鶏《とうけい》がおこなわれ、なまける者は大いになまけ、学ぶ者は大いに学んでおります」

「はは、ますますもってうらやむべき都よ」

太子のあこがれの地のなかに、当然、臨淄はあったであろう。が、そのあこがれとは逆に寒々しい国である燕へやらされた。

――斉へゆき、臨淄をみたい。

太子のなかの血があこがれに色濃く染まったことはある。だが、太子のなかの血の半分は中山の色をもっている。その色は斉を嫌忌《けんき》する蒙《くら》さをもっている。

中山の君臣がその蒙さのなかでいすわっているかぎり、太子は心のなかでみえるはずの斉や臨淄の風景をしりぞけ、明るい窓をとじていた。それが太子としてとるべき心のかまえであった。

――しかし、この男は、敵国に三年も留学していた。

それをゆるした楽毅の父をまずほめるべきか。太子はそうおもいつつ、

「孫子の兵法とは、わしにはわからぬものであるが、孫子は馬陵《ばりょう》の戦いで魏軍を大敗

させた孫臏《そんぴん》のことか」

と、きいた。

「孫子は衛《えい》の宰相をつとめた孫氏から発しているといわれ、その子孫に呉《ご》の将軍となった孫武《そんぶ》がおり、その末裔《まつえい》に孫臏がおります。そのふたりの天才戦術家をあわせて孫子といい、孫臏の子孫と弟子たちが斉では大きな兵家《へいか》をなしております」

「さようか。こまかなことは訊《き》かぬ。孫子の兵法の極意はいかなるものか」

太子はさりげなく楽毅の知略のありかたをさぐった。

「無形と無声でありましょう」

楽毅の声にりきみはない。太子は大きく目をひらいた。

「形がなく、声もない。それが兵法か。では、法を学ぶ意味がない」

「戦いにおける法は、国家の法とはちがい、つねということがありません。千変万化いたします。それをきわめてゆけば、無形と無声に至るのです」

「ほほう、孫子の兵法とはそれほど奥深いものだとは知らなかった。兵法といえば、兵の進退のしかた、陣の立てかたなどをおしえるだけのものだとおもっていた」

太子は楽毅より十歳ほど上であるが、そういう年齢の差を意識させず、むろん自分が国王のつぎに貴い身であるという尊大さもみせずに、話をつづけた。

この話のあいだに、ふたりは魅了しあったといってよい。

それだけふたりは中山のゆくすえを憂慮しているともいえる。

さいごに太子は楽毅が薛公《せつこう》に面会したことを知り、

「ああ、わが国で、真の勇気をもっているのは、なんじだけである」

と、手ばなしで楽毅をほめた。

——この男がつぎの宰相になる。

太子はそうおもい、自分の前途に光が射《さ》したような気がした。楽毅もにたような希望をおぼえたが、ひとつ太子とちがうことは、自分の希望にとらわれまいとしたことである。

——支配者は変容する。

同門の田氏とくりかえし楚《そ》の平王《へいおう》について論じたことはそれであった。楽毅はたしかに中山の希望として太子をみた。が、その希望を過信すると欲が生ずる。その欲が太子の欲と適《あ》えばよいが、ずれると、怨《うら》みが生ずる。つまり明るい想像は、その想像に固執すると、暗い妄想《もうそう》に変わりかねない。

——薛公をみよ。

薛公に会って以来、つねに自分にいいきかせていることは、おのれへのこだわりを棄てよ、ということである。薛公は斉の宰相であった靖郭君《せいかくくん》の子として生まれながら、その莫大《ばくだい》な家産にみむきもせず、諸国漫遊の旅にでたときく。それはいっさいの所有を放棄した者の姿である。無欲を衒《てら》う者は名誉欲にとらわれるという坎穽《かんせい》にはまりこむものであるが、薛公にはそれもない。

——自分もそうありたい。

名誉にも不名誉にも逃げない、性情のままの自分でありたい。

楽毅はそんなおもいで太子をながめ、自分をみつめた。

三

霊寿《れいじゅ》からすこし南下すると、趙《ちょう》の晋陽《しんよう》へむかう道にぶつかる。その道を西行するのであるが、当然、関所がある。

「夜、国境をぬけ、趙にはいったら歩くことにします」

中山《ちゅうざん》の西辺にある砦《とりで》に到着した楽毅《がっき》は太子にそういった。従者は全員馬に乗れるが、そうするとかえって趙兵に怪しまれる。中華の者はじかに馬に乗らない。

「みつかったときは、やむなく馬に乗り、追走してくる兵をふりきります。むこうは馬車ですから、険隘《けんあい》な路をえらべば、追跡できません。魏《ぎ》にはいるのは、さほど困難ではないとおもいます」

楽毅は太子にそういっておいた。全員を落ち着かせるために楽観を述べたわけではない。武霊王《ぶれいおう》は軍を率いて中山を縦断したあと、さらに北上して、代《だい》へ行ったらしいが、その後どうしたのかきこえてこない。中山にいてわかることは、武霊王はまだ帰途についていないようだ、ということである。軍もそのまま武霊王に従っているにちがいない。

――いまなら趙国内の兵は多くない。

という楽毅のみこみである。

「でましょう」

その声は楽毅から発せられた。

砦をでた集団は全員馬に乗り、疾走した。趙の関所のない山間の路をかなりのはやさですすみ、夕《よる》をむかえた。火をつかうと発見されやすいので、砦でつくってきた食をとりだし、腹ごしらえをおえると、馬を曳《ひ》いて月下の路を歩きつづけた。一睡もせずに歩きつづけ、空が白くなり、路がなんとかみえるようになると、ふたたび馬に乗り、ゆっくり走りはじめた。

――これで国境は越えたはずだ。

楽毅は目算した。

「馬から降りて、歩いていただきます」

と、楽毅は太子の側近に申し入れた。するとその側近は、

「楽毅どの、このあたりは集落もなく、人どころか獣の影さえない。馬に乗って急行してもかまわぬとおもうが」

と、太子を歩かせることに難色をしめした。

「車があるのでしたら、それに馬をつなぎ、馬車をつくって太子にお乗りいただくのはかまいませんが、工人がらくらくと馬に乗っているのを、遠望されたら、かならず役人に通報されます。魏までご辛抱ください」

と、楽毅は用心をおこたらなかった。

さほど多くない荷を馬の背におき、この集団は西へむかった。晋陽《しんよう》へはいれば、そこから道を南にとり、魏の関所をめざすのであるが、その関所は関税さえ支払えば通れる。

楽毅は黙々と歩いた。

――あと一日で晋陽か。

そうおもったとき、草原に兵の影が湧《わ》いた。楽毅は眉《まゆ》をあげた。兵は歩兵ではなく

兵車である。

「どういたしますか」

丹冬《たんとう》が楽毅の指示を緊張したおももちで仰ごうとした。

「よし、とにかく、草木の多いところをさがし、兵を避けよう」

集団は楽毅にしたがってななめにすすみはじめた。兵車のために道をあけたつもりである。兵車が直進しなければ、こちらを検問するために兵が追ってきたことになる。

木立がみえたので、

「太子、あれへ」

と、楽毅は太子を先にし、自身は後尾へまわった。ふりかえると、兵車がかなり近い。

太子が木立の陰にはいったとき、兵車はむきをかえて追ってきた。

——怪しまれたか。

とっさに兵車の数をかぞえた。

五乗である。

「かたがた、わたしが短剣をぬくまで、手だしをおひかえください」

楽毅は太子の従者によびかけ、丹冬には、

「もしもわしが兵を斬《き》り伏せたら、なんじは兵車をひとつ奪え。太子を逃がす時をかせぐのだ」

と、命じた。

丹冬はなまつばをのみこんで、うなずいた。

すでに兵車上の兵士の顔がはっきりみえた。楽毅は地に両手をつき、背をまるめた。ほかの者もいっせいに楽毅をみならった。

つぎつぎに兵車が停《と》まり、兵士がばらばらと降りてきた。

先頭の兵士が鞭《むち》をくるくるまわし、楽毅に近づいてくると、鞭の先を楽毅の背にあて、

「おい」

と、撞《つ》いた。

楽毅は懐中の短剣に手をかけた。

「そのほうどもは、賈人《こじん》か」

賈人は商人ということである。

「いえ、玉器を造っている工人でございます」

楽毅は趙の方言をまじえてこたえた。ふと兵士の表情がゆるんだ。

「そうか。まもなくわが王がここをお通りになる。このあたりでうろうろしていると、兵馬にふみつぶされるぞ。早く小高いところへゆき、道を避けよ」

鞭を浮かした兵士は、軽い笑声を放ち、兵車にもどった。ほかの兵士が兵車に乗るのをみとどけると、かれは馬を動かした。

五乗の兵車が砂塵《さじん》を残して遠ざかってゆくのをみた楽毅は、おもむろに衣服の砂を払い、

「親切なことだ」

と、丹冬にいい、にが笑いをした。

木立から姿をあらわした太子に事情を話した楽毅は、従者に高所をさがさせ、そちらにのぼった。

ほどなく天が翳《かげ》った。

砂塵が蒙々《もうもう》と天にのぼっている。

——あの下に趙軍がいる。

やがて黒い旗が地中から湧きでた。まもなく兵馬の影がみえた。いつか楽毅が戦わねばならぬ相手である。楽毅は津波のように寄せてくる趙軍を凝視した。

楽毅が立っているのは名もない高所である。武霊王が立ったという野台《やだい》とはちがう。

「が、これも望《ぼう》だ」

と、楽毅は強くおもった。

大軍である。

——速いな。

楽毅はそう感じただけで、武霊王の統率力がいかにすぐれているかさとった。

轟々《ごうごう》と地がふるえた。

兵馬が近い。

丹冬が楽毅の袖《そで》を引いた。

「趙兵にみとがめられます。おさがりください」

「いや、趙王を上から眺めたい」

「毅さま——」

丹冬の声がするどくなった。

「丹冬、わしは賭《か》けてみたい。趙王が勝つか、わしが勝つか。このままわしがここで立ちつづけていたら、わしの勝ちだ」

「魏への使いをお忘れになってはこまります」

丹冬がなんといっても楽毅は動かなかった。趙兵に怪しまれ、捕らえられても、悔いはないような気がしている。なぜか、足から根が生えたように、楽毅のからだは微動だにしない。

眼下を兵馬が通過しはじめた。恐ろしい数である。草を踏み、木立を倒しかねない勢いですすんでいる。

——趙王はどこにいるか。

楽毅は目でさがした。しばらくすると黒い旒《りゅう》(吹き流し)が視界にあらわれた。

「あれか」

楽毅は息をこらした。兵車に注目した。

——奇妙だな。

趙王の兵車らしいものがみあたらない。かわりに騎馬のかたまりがみえた。そのうしろが趙王の兵車にちがいないと楽毅が目をそらそうとしたとき、いきなり殴られたような衝撃をおぼえた。

「あれは、鶡冠《かつかん》ではないか」

騎馬の先頭の男は、異色の冠をかむっている。だが、王が兵車に乗らず、馬に乗るとは、いかにも奇抜であり、むしろありえないといったほうがよい。

「いや……、あれが趙王だ」

そのおどろきをこめたつぶやきが、武霊王にきこえたように、武霊王だけが首をあげ、楽毅のほうをむいた。

高所に立っている男が小さく武霊王の目にうつった。

近臣も高所の人影に気づき、

「ひっくくってまいりましょうか」

と、王の命令を仰いだ。

「待て。あの者はわが民だ。わしが王であるとは知らずに、軍の行進をながめているのであろう。放っておけ」

武霊王はそういうと首をもどした。

趙軍は地響きとともに楽毅の眼下を通過した。

——勝った。

楽毅は天にむかって叫びたかった。が、馬に乗った武霊王の残像がそれをゆるさなかった。

太子が楽毅のうしろに立った。

「騎馬が多くなったようだ」

「太子、趙王は馬に乗っておりました。今後、騎馬はさらにふえましょう。わが中山は趙軍にたいする認識をあらためる必要があります」

楽毅の心底に愁《うれ》えの種がひとつました。

晋陽にはいった楽毅は車を買い、馬をつないで馬車をつくり、太子を乗せた。魏の国境を越えれば衣冠をあらためるつもりである。

火と煙

騎行

一

中山《ちゅうざん》の太子と楽毅《がっき》は難なく魏《ぎ》の国境を越えた。

かれらの行程はそこからのほうが長い。

魏の首都の大梁《たいりょう》へは七百里はある。一日五十里を歩くとしても、半月ちかくかかる。

「魏にはいったのだから、馬に乗っても、よいではないか」

という太子の言にしたがい、従者は全員馬に乗った。太子と御者《ぎょしゃ》だけは馬車をつかった。それなら三分の一の日数で大梁へ着ける。

太子は自分の聘問《へいもん》を魏の朝廷にあらかじめ告げるために、ふたりの臣下を先行させた。

そのせいで、大梁の郊外に魏の行人《こうじん》（外交官）が出迎えていた。

聘物を行人にあずけた太子は、

「われわれは招かれざる客だが、当たりは悪くなさそうだ」

と、ほっとしたように楽毅にいった。魏の襄王《じょうおう》が中山王の使者に会いたくなければ、大梁へはいることを拒絶する場合も考えられる。魏の行人の応接に圭角《けいかく》がないことも太子を安心させたようである。

だが、楽毅は、

「大臣の迎接《げいせつ》でないのが不満です」

と、いった。中山王の使者といっても、中山の臣ではなく、つぎの中山王になる太子がその任を負ってここまできたことを魏の朝廷は知っているはずではないか。それなのに魏の大臣のひとりも出迎えにこなかったことは、魏の閣臣に中山への関心のうすさがあるとみて、さしつかえないであろう。

——中山のような小国が栄えようと滅ぼうと、かれらには興味がないのか。

楽毅はふと戦国の世の裏面を感じた。

群雄割拠《ぐんゆうかっきょ》という。それは裏面ではなく表面である。が、どこに英雄がいるか。英雄がいないからこそ、攻めたり攻められたりというかぎりない争いがある。どの国の君主も、その器量は小さく、往時の斉《せい》の桓公《かんこう》や晋《しん》の文公《ぶんこう》のように諸侯を総攬《そうらん》できない。いま英雄といえる人は、わずかに薛公《せっこう》しかいない。が、惜しいかな、薛公は大国の君主ではない。すなわち、英雄不在、というのが戦国の裏面である。

かつて王朝を樹《た》てた英雄がいた。

商の湯王《とうおう》や周《しゅう》の武王《ぶおう》である。かれらは天下の民を盗んだことになるから、盗跖《とうせき》という大盗《たいとう》をもしのぐ悪人ということになろうが、かれらがひとしくおこなったことは、国を富ませ兵を強くするまえに、人材を求めたことである。天下を狙《ねら》う者はかならずそうする。霸者となった呉《ご》の闔廬《こうりょ》も魏《ぎ》の文侯《ぶんこう》もまったくおなじことをした。

いまの君主は、人を求めず、利を求め、地を求めている。

武力で奪いとったものを、武力で守ろうとしている。

だが、一城の守将の心をつかめば、やすやすとその城は手にはいり、一国の君主の心をとれば、おのずとその国はころがりこんでくる。人心を得るほうが利は大きいのである。

おそらくそれがわかっているのは薛公だけであろう。それゆえ、薛公は英雄なのである。

各国の君主はたれもそのことがわからない。

魏の君主は、いま襄王《じょうおう》である。

以前、魏にとどまっていた大儒《たいじゅ》の孟子《もうし》は、はじめて襄王をみるや、

「この人はわたしが期待していた王ではない」

と、その凡庸《ぼんよう》ぶりに失望し、さっさと魏をあとにしたことからでも、襄王の器量のほどがうかがえる。

ただし楽毅の耳にはその逸話はとどいていない。それでも、襄王の狭量はなんとなくわかる。

楽　毅「太子、天下をとるのは、さほどむずかしいことではありません」

楽　「急に、壮大な話になったたな」

「いえ、小さなことまで、みのがさぬ目さえおもちになればよろしいのです」

「たとえば――」

「商の湯王は伊尹《いいん》を、周の武王は太公望《たいこうぼう》をしたがえただけで、天下をとったのです。すなわち天下は、野《や》のどこかにころがっている、とおもわれます」

「伊尹も太公望も、野人《やじん》であったか。はは、すると、わしも天下をとれるということになる」

太子は笑声を虚空《こくう》に放った。

「魏王が英主であれば、中山の太子が聘問におとずれたことが、いかなることか洞察して、趙《ちょう》を伐《う》ち、中山に恩徳をかぶせる絶好の機とするでありましょうに、大臣をよこさぬというところに、まず外交の蒙《くら》さがあります」

と、楽毅はてきびしいいいかたをした。

「ふむ」

太子は表情をひきしめた。

前途に楽観できるものはなにひとつ落ちてはいない。

「魏王がいかなる人であろうと、誠心をもって訴えるつもりだ」

実際に太子は魏の襄王にたいしてそうした。

襄王は孟子にみかぎられたように、なるほど英聖の高みを人格にそなえてはいなかったが、孝心は篤《あつ》く、情誼《じょうぎ》の量もほどほどあり、なによりよいのはおのれにたいして幻想をいだかないということであった。

すなわち、小量しかものごとを盛れない自分という器を、せいいっぱいつかって生きた人であり、その器には盛れない大きさのものにけっして手をださなかったのが、かれの生涯《しょうがい》の特徴である。

この場合も、中山と趙の紛争は、襄王の手にあまることであった。

「それを斂《おさ》めることができるのは、秦《しん》と斉しかない」

と、襄王は正直なことをいった。

「わが国は斉にたいして遺恨をもっております。その遺恨を棄《す》て、斉に誼《よしみ》を通ずるには、時がかかります。一方、秦には悪いゆきがかりはありません。なにとぞ大王のご温情をもって、秦王に拝謁《はいえつ》がかなうように、おとりはからいくださいませ」

太子は再拝した。

襄王はあわれみをまなざしにまじえた。

「つねであれば、それごとき陰助はたやすいのであるが……」

「なにか、さしさわりがございますか」

「乱だ。いま秦は乱れに乱れている」

事実であった。

秦の武王《ぶおう》が亡《な》くなった。不慮の事故死である。武王は雄志ではちきれんばかりの巨体をもち、傀力《かいりき》を誇るあまり、近臣たちと力くらべをし、常人《じょうじん》ではうごかすこともできない鼎《かなえ》を高々ともちあげた。が、ささえきれなかった。落下した巨大な鼎は武王の脛骨《けいこつ》をくだいた。それがもとで武王は亡くなったのである。

武王の正后《せいこう》は、魏の襄王の女《むすめ》である。その正后に子がなかったことが、後継問題をこじれさせた。その打開策として、燕《えん》に人質となっている武王の弟の公子稷《しょく》を迎立しようという動きが活発となった。それに呼応するかたちで、趙の武霊王《ぶれいおう》が仲介して、燕から公子稷を迎え、秦に送りこんだ。この一事が秦の内乱に火をつけた。

——国内にいる公子を立てればよい。

と主張してきた勢力と公子稷を迎えいれた勢力とで激闘がはじまったのである。その内訌《ないこう》はいつ熄《や》むともわからない。

襄王としては自分の女が内乱の火の粉をかぶらなければよいがとはらはらしているのである。

「さようですか」

中山の太子は失望した。

秦は他国へ兵を発するどころではない。自国で殺しあっている。

——これも趙王の陰謀か。

太子はそんな気がした。襄王のまえからさがった太子が楽毅にそのことをいうと、

「おそらく」

と、楽毅はこたえた。

——十全の策とは、これをいうのか。

楽毅は武霊王の恐ろしさを痛感した。みごとに中山を孤立させた。武霊王の魔力を

破る一手は、斉の薛公の信義にたより、すがるほかない。

「太子、斉は魏のとなりにあります」

「わしに、薛公に会え、と申すか」

「このままですと、中山は滅亡します。それを救ってくれるのは、薛公しかおりません」

「楽毅よ、そうすれば、わしは太子でなくなる」

楽毅は目に微笑を浮かべた。

「太子はどうしても中山国の王になりたいのですか」

この問いはきわどさをふくんでいる。

人としての軽重《けいちょう》、人格の高低、思想の明暗などを量《はか》られているような気がして、太子はでかかったことばをのみこみ、わずかに黙考してから、

「わしが王にならねば、中山を救えぬ」

と、声を肚《はら》からだした。

「では、中山にお帰りになり、ただちに王位にのぼられるべきです」

「ただちに――」

太子は深いおどろきとともに楽毅を凝視した。

二

太子が遭難せずに帰国するとわかれば、中山王《ちゅうざんおう》の身近から密命が飛び、賊が動く。

むろんその賊は太子を殺そうとする。

――王が太子を殺しても罪にならぬが、太子が王を殺せば罪になるのか。

歴史は弑逆《しいぎゃく》の事例にことかかない。

が、父である君主を殺して即位した太子が名君になったという事例はひとつもない。

楽毅《がっき》にはそれがわかっているが、中山の太子が聖王になってくれなくてもよいのである。しかしいまの王をのぞかなければ、斉《せい》への道はひらけない。

――この閉戹《へいやく》を太子が破らないとすれば……。

楽毅自身が中山王を消さねばならない。

かれは空想した。

自分が中山王を暗殺し、太子を擁立する。擁立するのは父にやってもらい、自分は国外にでて斉へ奔《はし》る。

——しかし、その一挙は、薛公《せっこう》に容認されるであろうか。

楽毅は薛公の事績にくわしいわけではないが、政敵とみなした者を卑劣な手段で蹶《たお》したことはないようである。

——孫子の兵法に暗殺というものはあったかな。

と、薛公にさげすまれる自分をおもい描くのはたまらない。

「わしはそんな男か」

と、心のなかでいってみて、からりと笑った。

ここまでの思考がいかにもやわらかみに欠ける。すすむべき道に大木があれば伐《き》り倒し、川があれば塞《せ》き止めるようなものである。大木は避け、川は渡ればよい。

太子をただちに即位させるのは早計であろう。

もっとも太子は楽毅の過激な発言を深刻にうけとめず、

「先祖や山岳の霊が中山をあわれんでくれるのであれば、かならず趙王の野望をさまたげるであろう。わしは霊応にしたがうまでだ」

と、いった。

それは、楽毅の口からただよってきたなまぐささを払ったといえようが、ここで中山王の抹殺《まっさつ》をおもいつめると、かえってそのたくらみの重さに、自身の動きがとれなくなると太子は感じたのであろう。あるいは楽毅の思考の奥底にひきずりこまれる危険をさけたともいえる。この点、この太子は賢明であった。さらにいえば、楽毅の発言がほかに流れ、中山王の近くに達すると、戯言《ぎげん》ではすまなくなる。そういう事態においこまれることをあらかじめさけておくためにも、太子は下からのぼってくる危険なにおいをかがないふりをする必要がある。そうすることで、楽毅をかばったともいえる。

みると、楽毅の表情が一変している。

「ふむ」

太子はさやかに笑った。

う。

太子にとってこの往復の旅は、楽毅という臣をふかぶかと知る旅であったといえよう。

——この男は恃《たの》める。

楽毅は胸中を飾った暗い蔚《いろどり》をぬぐい去ったようないいかたをした。

「帰りましょう」

魏から趙にはいって馬からおりた。

中山が近づいてきたとき、楽毅は配下に、

「かならず賊がでる。塞《とりで》の守備兵も信用できぬ。国境を越えたら、間道《かんどう》をえらび霊寿《れいじゅ》をめざす。遅れた者を助けているゆとりはない。わかったな」

と、いいふくめた。

あと二日で国境であると見当をつけた楽毅は、太子と従者に馬に乗ることをすすめ、

「ここから馬でなら、一日でわが国にはいれます。ただし間道をゆきますので、われらをみうしなうことがなきよう」

と、いい、はぐれた場合の燧烽《のろし》のあげかたをうちあわせた。

「楽毅——」

太子はさみしさをまなざしにみせた。自分の父に愛されないのはまだしも、いのちを狙われる現実は、ことばであらわしようがない。

「太子、天下は路傍にころがっております」

一笑した楽毅は颯《さつ》と騎乗した。

「おう」

太子は悲哀をかなぐりすてたようにこたえ、馬上の人になった。

この騎馬の一団は武装した。

楽毅は丹冬《たんとう》のほか二人を先駆させた。配下のなかでもっとも馬術に長《た》けている壮士《そうし》は、名を超写《ちょうしゃ》といい、かれだけをひそかに招いた楽毅は、

「べつの間道を走り、太子の帰還を、父上に報告せよ」

と、命じた。

日の沈みきらないうちに、趙の騎兵の影をみた。むこうもこちらの馬群を発見したらしく、にわかに追撃の態勢をとった。

「さあ、逃げるぞ」

楽毅の声はよく通る。いっせいに馬の脚が速くなった。

趙兵はこのあたりの地形にくわしく、道のない草地や灌木《かんぼく》地帯にたくみに馬をすすめ、しつこく追ってきた。

——あのぶんでは、夜中も追跡してくるな。

と、予想した楽毅は、配下のひとりに、

「べつの道をゆき、てきとうなところで、火を焚《た》いてくれ。ただしそこにとどまらず、中山をめざすのだ。わしらがどこにいるかは、煙でしらせる」

と、追走を迷わせる手だてを考えた。だがその手が効かぬ場合も考えねばならない。

——趙の騎兵の長は、なかなか賢そうだ。

夜陰にひとつの火をみつけたら、どうするであろう。むこうもこちらの逃走のしかたをみて、考えるにちがいない。

「わざわざ敵に発見されやすいように火をみせたということは、集団の主はあちらにはいない。あんな火にだまされるわしとおもうか」

と、騎兵の長はいうであろう。

「よし、こちらも火をみせてやろう」

楽毅は夕闇《ゆうやみ》の底を歩きながら、決心し、配下の二、三人に、

「馬に乗り、炬火《きょか》をともせ」

と、いった。

楽毅の配下はおどろいたようであるが、異見をとなえる者もなく、素直にその命令にしたがった。赤々とした火をみておどろいたのは、すこしはなれたところを馬を曳《ひ》いて歩いていた太子の従者たちである。

「あれではこちらの所在を敵におしえてやるようなものではないか」

と、いきどおった側近のひとりが、小走りをして楽毅に追いつき、

「火を消しなされ」

と、怒声を放った。

「太子のご命令ですか」

「いや、ご命令ではないが、たれが考えてもこれは愚行だ」

「ご近侍《きんじ》に申し上げる。霊寿を出発するとき、この使者の一団の進退は、臣《わたし》にまかせる、と太子は仰《おお》せになった。お忘れであろうか」

「いや、忘れてはおらぬ」

「貴殿が太子の安全をお考えになっておられるように、わたしも太子をぶじに帰国させる使命があります。あの火は趙の騎兵を迷わせ、太子のおいのちを救うことになります」

楽毅は断言した。

「そこまでいうのなら……」

側近は楽毅の気魄《きはく》に圧《お》された。

この旅行のあいだ、楽毅の言動にふれてきた太子の近臣たちは、この宰相の嫡子《ちゃくし》がなみなみならぬ気宇《きう》のもちぬしであることに気づいた。楽毅の判断は速く、適切である。配下に命ずる気息に豊かなひびきがある。そのひびきはかれらにふしぎな安心感をあたえた。

「将の声とは、あれよ」

と、太子はひそかにいった。

楽毅は外交感覚にすぐれたものをもち、しかも用兵に非凡なものがある。

――もしかすると、楽毅は呉起《ごき》に比肩《ひけん》する逸材かもしれぬ。

太子は戦慄《せんりつ》するようにおもった。

呉起は百戦百勝の魏の名将であった。かれは軍事に才能を発揮したばかりでなく、法にもたいへんな学識をもち、魏の国体の改革に参画した。そのおかげで、魏はながいあいだ覇権を保持した。

楽毅の才も単一ではなさそうである。

なによりよいのは、楽毅は中山の出身であり、しかも宰相の嫡子であることで、門地がたしかであるかぎり、呉起のように他国から流れてきて栄達をとげた者にむけられる妬《ねた》みをうけることはない。ぞんぶんにその才能を発揮できるであろう。

――もしかすると、天下は路傍にあるのではなく、わが王室を輔佐《ほさ》する家にあるかもしれぬ。

太子はそんな空想さえした。

その楽毅が太子を待っていた。

「炬火によって趙の騎兵をあざむけると存じますが、万一にそなえて、後拒《こうきょ》をおこないます。太子はどうぞ先におすすみください」

「なんじもここに残るのか」

「さようです」

「心細いことよ。ともに歩きつづければ、逃げきれるのではないか」

と、太子は正直に意中をいった。

「趙の騎兵を甘くみてはなりません。われらよりこのあたりの地形にくわしく、かれらは星あかりでも馬に乗れるかもしれぬのです」

「ますますもって、なんじの身に愁《うれ》えが残る」

「太子、わたしのことはご懸念《けねん》なく。夜明けには追いついてごらんにいれます」

その声に不安はない。

「信じている」

太子は歩きはじめた。

日中は先駆していた丹冬は、すでに楽毅の近くにいる。

「主よ、どうなさるのです」

と、丹冬はいい、ほかの臣とともに指示を仰いだ。

三

「枯れ枝を集め、火を焚いてくれ。この火をめがけて趙《ちょう》の騎兵がきたとしても、十騎だろう」

楽毅《がっき》は丹冬《たんとう》にそういった。

「追ってきた騎馬は、三、四十騎とみました。主力はこちらにはこないのですか」

「騎兵の長は多くの火を軽視し、ひとつの火を重視する、とみた。いまごろは配下をわけているであろう」

楽毅はそういいつつ、自分の声に不安のないことをたしかめた。かれの考えていることに根拠はない。すべてを感覚がおしえている。感じた通りに行動したにすぎない。

したがってなぜそうなのかは説明できない。

――いのちにかかわるときは、おのれのままに動いたほうがよい。

学識のたぐいは棄てたほうがよい、というのが楽毅の考えかたである。あえていえば楽毅は予知能力にすぐれていた。その能力は人のなかでみがかれるのではなく、自然のなかではぐくまれるものであり、風や水、草や木との対話をへて、自得のものになる。

楽毅は四人の配下に弓矢をもたせて樹陰にひそませ、自身と丹冬は馬に乗った。

「矢で四、五人は倒せよう。残りは、斬《き》る」

と、楽毅は剣把《けんぱ》をかるくたたいた。丹冬は、戈《か》をにぎった。

山と積まれた枝は火を発し、炎を立てた。

それを遠望した趙の騎兵の長は、鼻で哂《わら》い、

「みえすいたことをする。幼童をあやすような手にのるわれらとおもってか。それより、むこうをみよ。かすかに火がある。あの火とともに多数が移動しているにちがいない。国境をひそかに越えようとする者を、生かしておいてはならぬ」

と、いい、十人ほどの兵に、

「そのほうどもは、多い火を追え。せいぜい四、五人が囮《おとり》になっているにすぎぬ。討ちもらすな」

と、命じて、猛追を再開した。

騎兵が火に近づいてきた。

「馬陵《ばりょう》の戦いの応用よ」

と、楽毅は丹冬にささやいた。

丹冬もその大戦のことをきいたことがある。斉の軍師であった孫臏《そんぴん》が、馬陵という険隘《けんあい》の地で、龐涓《ほうけん》将軍に率いられた魏軍を覆滅させた戦いである。そのとき孫臏は追撃してくる魏軍の速さをはかり、自軍を待ち伏せさせた地点へ魏軍がいつ到着するかを予想し、近くに立っている大木の幹をけずらせて、

「龐涓はこの樹の下で死ぬであろう」

と、書いた。事実、夕方にその木にさしかかった龐涓は、木に書かれた文字をみつけ、火をともして読みはじめたところ、その火が斉軍の弩《ど》の的となり、一万の矢の雨

にさらされて死んだ。

ただし丹冬はそこまでの詳細は知らない。

——待ち伏せて、伐《う》つ。

と、楽毅がいったのだろうとおもったにすぎない。

騎兵は馬からおりた。

火に近寄った。

「ゆくぞ」

楽毅は剣をぬいた。同時に矢が趙兵を襲った。ふたつの影が倒れた。二の矢が飛んだ。

「敵だ」

趙の騎兵は逃げなかった。すばやく馬に乗り、疾風のごとく接近してきた騎馬の影を迎え撃った。

楽毅の剣が音を立てた。

夜気を裂くような音である。

馬上からふたつの人影が消えた。

丹冬の戈《か》も兵の腕を斬り落としていた。

楽毅の背に白刃が迫った。

——あっ。

と、丹冬が息を呑《の》んだ。その瞬間、楽毅を撃とうとした兵の馬に矢がつきささり、馬があばれ、兵が落ちた。丹冬はその兵の首を刎《は》ねあげた。目をもどすと、楽毅はたくみに馬をあやつり、趙兵と撃ちあうまもなく、相手を落馬させた。弓矢をつかった楽毅の配下は柄《え》のみじかい武器をふるって、たじろぎはじめた趙兵に伐ちかかり、けっきょく全員を殺した。

「主《しゅ》よ」

配下は誇らしげに立っている。みずからを誇り、楽毅の武勇を誇っている顔がならんだ。中山《ちゅうざん》の民は、いさましい者を尊敬する。楽毅が有識者であることより、武術にすぐれていてくれることのほうが、かれらにとってうれしいのである。

楽毅はすばやく馬をおりると、趙兵の屍体《したい》をながめ、

「ついに、ひとりの兵も逃げなかった。趙は恐ろしい国になった」

と、深刻そうにいった。

中山の国境にある砦《とりで》を守っていた兵が趙軍をみて逃げたという事実を楽毅は知っている。大軍に寡兵《かへい》で立ちむかう愚かさを楽毅は知っているが、感情のどこかで、中山兵よりも趙兵へ敬意をささげたい気になる。

「さて、太子に追いつこう」

楽毅の声から陰鬱《いんうつ》さが消えなかった。

夜明けまで歩きつづけた。

——もう中山国へはいったはずだが、ここからも気がゆるせぬ。

楽毅は煙を立ち昇らせた。こちらがぶじであることを太子に知らせたのだが、応答の煙がみえない。

「馬に乗れ」

胸さわぎがした楽毅は、配下とともに山間の道を走った。高所に馬で駆けあがった楽毅は、煙をさがした。東の空がにわかに明るくなった。日が昇るのである。

視界にある翳《かげ》がつぎつぎに払われてゆく。

「太子よ、どこにおられるのか」

そう楽毅がつぶやいたとき、稜角《りようかく》のむこうから煙がのぼった。おもいがけなく南のほうである。太子と従者たちは道に迷ったのであろう。

楽毅はしたをむき、こちらをみあげている丹冬に、

楽毅 「太子がおられた。南のほうだ。そこから煙がみえるか」

と、大声でいった。

「いえ、木立にさえぎられて、みえません」

楽毅 「とにかく、南へゆく道をさがせ」

「はい」

丹冬の馬が動いた。楽毅は高所からおりて、丹冬の報告を待つあいだ、再度、煙を立たせた。丹冬がもどってきた。

「まっすぐ南へはゆけません。迂回路《うかい》ならありそうです」

楽 「よし、急ごう」

いちど引き返すかたちになる。せっかく中山国にはいったのに趙国にもどるとなると、趙の騎兵との遭遇が懸念されたが、その危険はまぬかれて、ふたたび中山国にはいった。

一騎が前方にみえた。

――太子の側近だな。

楽毅の胸さわぎは熄《や》まない。側近の血相が変わっている。吉報を告げる顔ではない。

「太子が――」

と、遠くから救いをもとめるような声を発した側近は、馬首をかえした。

――すでに賊に襲われたか。

太子が所在をしらせた煙を、待機していた賊がみつけ、急襲したようである。虎口《ここう》をのがれたとおもったのに、狼《おおかみ》の牙《きば》が待っていた。

楽毅は側近にならんだ。

「賊の数は――」

「およそ三十人」

「太子は戦われたのか」

「いや、楽毅どのに中山軍を指揮させるまで、死ぬわけにはいかぬ、と仰せになり、賊と戦うことはお避けになりました」

「賢明なことだ」

いまごろ太子は山中を逃走しているにちがいない。

路傍に斬殺《ざんさつ》された屍体がみえた。太子をにがすために賊と戦った側近のものである。楽毅は馬をすすめながら、その屍体を三つかぞえた。

——中山の者が殺しあっている時ではない。

楽毅は憤然とした。が、これが現実であり、回避できない事態である。賊とはいえ、どこかの家中の臣であろう。かれらも個人としては太子を暗殺する卑劣さを憎みながらも、命令にはしたがわねばならなかったのではないか。

——権力は人を狂わせる。

狂った者が政治の実権をにぎっている中山という国が正常であるはずがない。内を匡《ただ》さなければ、外の敵に勝ちようがない。いつまでこういう異常がつづくのか、とおもうと、楽毅の胸は昏《くら》くなった。

「いっそ、去るか」

中山を去り、薛公《せつこう》のもとへゆく。薛公は人の才幹をみぬく目をもっている。

――薛公はわしをどう量《はか》るか。

そう空想する明るさが、中山にはない。中山軍を指揮する立場がめぐってきても、心が浮き立つとはおもえない。それより薛公のもとにいれば、天下の軍を指揮する幸運がめぐってくるのではないか。

「わしには中山の山野が狭すぎる」

楽毅は天にむかってそう訴えたくなった。

「楽毅どの――」

側近は天をゆびさしている。

煙がのぼっている。

「太子が、あそこにおられる」

と、側近は狂喜した。

賊に追われている太子が、煙をあげるゆとりがあるとはおもえない。楽毅の父が援助の兵をさしむけてきたにしては、はやすぎる。

「罠《わな》かもしれません」

と、楽毅は側近にいい、消えない煙をめざして、おもむろに馬をすすめた。

胡《こ》服《ふく》騎射

箱

一

煙に近づいた楽毅《がつき》は、馬を停め、配下を偵知のために放った。

そのあと煙をながめ、

——どういうことであろう。

と、考えつづけていた。煙に吉凶や陰陽があるとはおもわれぬが、よくみていると、煙はゆったり昇り、その下で凶事があったような陰《くら》さがない。楽毅の胸さわぎもしずまっている。

——あの煙は吉だな。

と、おもったとき、遠くに丹冬《たんとう》の顔がみえた。馬上の顔が明るい。すぐに楽毅は側近とともに馬をうごかした。

太子がいた。

おどろいたことに、中山《ちゅうざん》の騎兵が太子を衛《まも》っていた。その騎兵は楽毅の父の配下ではない。騎兵の長が楽毅に挨拶《あいさつ》にきた。

「砦《とりで》をあずかっている龍元《りょうげん》といいます。みなれぬ煙をみましたので、国境の警戒にでたところ、太子を追撃する賊と遭遇しまして、撃殺しました」

この男は楽毅より年齢は上のようであるが、なんとなく若々しい。

「それはよくやってくれた。わたしは楽毅です」

「太子からうかがいました。趙《ちょう》の騎兵に追われたそうですね。太子がいたく心配なされておられた」

「内憂をあなたが払い、外患をわたしがしりぞけた。太子は運の強いかたのようだ」

そういいつつ楽毅は龍元を観察した。

――こういう男が中山にいたのか。

このおどろきはこころよい。すこし揚がった眉《まゆ》が聰知《そうち》と壮勇をあらわしている、と楽毅の目にはみえた。

龍元の目のかがやきもよい。

志望が穢《けが》れていない目である。山も川も人も国も、そういう目でみなければ、真のかたちをとらえることはできぬ。

——この男は太子の股肱《ここう》の臣になれる。

龍元からはなれた楽毅は太子の足下で跪拝《きはい》した。

「おお、楽毅、なんじをみて安堵《あんど》した」

「賊のすばやさに肝をひやしました。敵の急襲を未然にふせげぬ粗末な軍師をお嗤《わら》いください」

楽毅は心から愧《は》じている。

「なにを申す。趙兵に追われたのであろう。追撃を絶ったとみた。みごとなものではないか」

「太子、みごとなのは、うしろにひかえておりますす龍元です。国境の守備はたしかにおろそかにできませぬが、龍元の才幹はそこにとどめるべきではないと存じます」

「うむ」

太子がうなずいたところをみると、龍元にみどころがあると感じているのであろう。

「ご近侍に召されることをお勧めいたします」

「復命後、とりはからうであろう」

「龍元どの」

楽毅は身をずらした。が、龍元はおなじ場所にあって、

「ご恵顧《けいこ》をたまわり、感悦いたしております」

と、澄んだ声でいい、ひたいを地につけた。

それをながめた楽毅は太子に良臣がひとりくわわったことを喜んだ。

太子と楽毅が霊寿《れいじゅ》にむかうとまもなく、疾走してくる一騎を前方にみた。

「配下です」

と、ことわった楽毅は、超写《ちょうしゃ》の到着を俟《ま》った。馬の乗りかたでその一騎がたれであるのかすぐにわかった。

「超写、父上にお報《しら》せしたか」

「はい。兵とともに、近くまでおみえになっています」

そういわれたとき楽毅の緊張の旅はおわった。

「不首尾でした」

楽毅は父にむかってむなしく頭を垂れた。

「超写からきいた。が、落胆にはおよばぬ。太子はいささかも失意を表わしてはおられぬ。むしろ風貌《ふうぼう》に明るさと強さがでた」

冷静な目でみてそうであった。

太子にとってこの往復の旅は、なんらかの信念をすえることができたことで、みのりがあった。

「無益な使いであったな」

中山王は足下の太子の労をねぎらおうとはせず、非情なことばをなげ落とした。が、太子は表情をかえず、

「無益どころか、大いに有益な聘問《へいもん》でした。魏王《ぎおう》の心情も魏の国情もわかり、さらに

秦《しん》の紛諍《ふんそう》さえわかりました。これからは魏ばかりでなく各国へ友好のための使者をつかわせられますよう」

と、言をすすめた。

中山王は口をむすんで太子をみすえた。

――死んで帰るはずではなかったのか。

目がそういっている。その目は太子からはなれ、側近にむけられた。側近は唇を噛《か》んでうつむいた。

おなじ日、楽毅は龍元の活躍を父に話した。

「ふむ、知っている」

父はあごをあげた。楽毅の話に馮《の》ってこない。

毅「なにか――」

「毅よ。気にいらぬところがある」

楽「どこが、とおききしてよろしいですか」

「そうではないか。龍元があずかっている砦をしらべてみたが、太子を助けたところからかなりの距離がある。煙をみて、砦をでたとして、あれほどうまく太子をお救いできるであろうか。さらに、なんじは賊の屍体《したい》をみたか」

「いえ」

そうこたえた楽毅は、沈着に過日をふりかえった。楽毅は軽忽《けいこつ》な男ではない。賊については、太子に、

「屍体はどこに――」

と、訊《き》いた。

「谷へ落とした」

「ごらんになりましたか」

「ふむ。二、三はみた」

「さようですか。ご側近の話では、賊の人数はおよそ三十でした。龍元はそれらを撃殺したと申しました。それにしては屍体の数がすくないように存じますが」

「賊は龍元の配下と撃ちあい、かなわぬとみてすぐに逃げた。なにか不審があるのか」

太子には龍元をうたがうきもちはないようであった。楽毅はそのきもちをそのままうけとった。したがって父の疑念はわからぬでもないが、似たような疑念を先行させ、すでに払いのけた楽毅としては、あらためて龍元の行動に不審をさしはさむ気にはなれない。

「龍元を信じております」

「わしは信じぬ。反間《はんかん》ということがある。あるいは王の側近が太子を亡《な》き者にしようとするための刺客《しかく》かもしれぬ」

父にそういわれた楽毅は、あの目が刺客の目であろうか、と龍元のために弁護したくなったが、

――父はわしより多くの人をみてきている。

と、おもうと、

「父上、たとえ龍元が刺客であっても、中山を守るのに役に立つ男です。斉《せい》の桓公《かんこう》を殺そうとした管仲《かんちゅう》が、赦《ゆる》されて、桓公のために大いに働いた例もあることです。龍元を殺さずに、その才幹を生かすようにおはからいください」

と、真情をかくさずにいった。

「むずかしいことをいう」

龍元の正体がわからぬかぎり、太子に近づけないほうが無難なのである。

「毅よ。太子が龍元を召しだすことをお忘れになったらどうであろうか」

「まもなく太子は龍元を近侍になさると存じますが」

「それを、のばしてもらうのよ。龍元が敵方の者であれば、かならず太子に近づく手だてを考える。わしの口から傅《ふ》の伯《はく》老《ろう》に申しておく」

傅は養育官である。もっとも太子が信頼している老臣である。かれとうちあわせると楽毅の父はいうのである。

太子に敵が多いことはいまさらおどろくべきことではないが、王の側近は内の敵より外の敵に目をむけたらどうか。反間を送り込むのであれば、趙にしたらどうか。そういう知恵をはたらかせない高官どもの存在がふしぎであった。

ある日、臣下とともに騎射の習練をおこなった楽毅が、自邸の門前で馬をおりると、

「もし」

と、声をかけられた。

二

丹冬《たんとう》や超写《ちょうしゃ》などの近臣が、その声をさえぎるように、楽毅《がつき》のまえに立った。

楽毅に声をかけた男は頭に巾《きれ》をまいており、商人とも農人ともつかぬ身なりをしている。その男が片膝《かたひざ》を地について箱をさしだした。

いぶかしげにその箱をうけとった丹冬がなかをあらためた。箱のなかに箱がはいっている。みおぼえのある箱である。蓋《ふた》に手をかけると、

「お待ちを」

と、えたいのしれぬ男は強い声でいい、なかをごらんになるのは楽毅さまだけに、と低い声で訴えた。その声をききとった楽毅は、一歩すすんで箱をのぞき、蓋をとった。木簡《もっかん》がはいっていた。革《かわ》の紐《ひも》をほどき、木簡の文面に目を通した。楽毅が読みおわるまで、丹冬は箱をかかえていた。

眉《まゆ》のあたりにけわしさをみせた楽毅は、顔をあげ、その顔を男にむけた。

「これは——」

「お読みくだされば、焼却くださるように、と申しつけられております」

「そうか。丹冬」

箱をかかえた丹冬が邸内に消えた。

「危険な使いをよくはたしてくれた。礼をいう」

「過分なおことばです。では、これにて」

男はすっくと立った。眼光のするどさは庶民のものではない。

「楽毅が大いに感謝していたとおつたえ願いたい」

「うけたまわりました」

男は歩きはじめた。そうとうな健脚であることはその歩きかたからわかる。

「国境まで送らなくてよろしいのですか」

男の後姿を見送りながら超写がいった。楽毅は小さくうなずき、

「敏活な男だ。うまく帰還するだろう」

と、いい、すぐに門内にはいった。すでに丹冬が室外でひかえていた。目で室内に招きいれた楽毅は、

「あの男は趙《ちょう》の楽池《がくち》の使いだ」

と、おしえた。

「箱は薛公《せっこう》の贈り物をおさめていたものです」

「ふむ。冠のかわりに木簡がはいっていた」

「書簡の内容は容易ならずと拝察いたしましたが……」

丹冬は楽毅の顔色を読むのもはやい。

「まさに容易ならず……。丹冬、趙王は果断をおこなった」

「その果断とは――」

「群臣に胡服《こふく》を着せ、騎射させることにした」

丹冬は目をみはった。

胡服は北方の異民族の服である。

中華の貴族は衣裳《いしょう》を着る。衣は上衣で裳はスカートだとおもえばよい。戦いのとき

も革の裳をつけて兵車に乗る。

――だが、兵車は山岳での戦いでは、まったく役に立たぬ。

そんなことは兵車がつくられた千数百年まえからわかっていたはずである。したがって過去の大戦はすべて平野でおこなわれた。いかに黄河の近くで国土をひろげるかが戦いの主題になっていたからである。

ところが中原《ちゅうげん》が安定すると北へ伸びようとした国があった。晋《しん》である。晋の大臣である趙氏は積極的に自領を北方に求めた。その末裔《まつえい》が武霊王《ぶれいおう》である。

北狄《ほくてき》の兵に勝つには歩兵を充実させねばならないと主張し実行したのは、じつは趙氏ではなく、おなじ晋の大臣であった魏《ぎ》氏である。魏氏がのちに国を樹《た》て、中山を征したのも、歩兵の力の強さによるものであったろう。武霊王はそのことを知っており、趙も歩兵を充実させてきたものの、その機動性に限界があることを痛感した。

山岳民族との戦いの様相は、童子でもたやすく想像できる。

むこうは馬で、こちらは人である。馬は速く、人は遅い。騎兵は馬上で弓矢をつかう。こちらは地上で弓矢をつかう。むこうは高く、こちらは低い。むこうは動き、こちらはとどまっている。その有利と不利は、あまりにも判然としている。

その不利に固執《こしつ》して、有利を撃とうというのが、これまでの戦いであった。

しょせん無理なのである。

無理を押しつづければ、道理が退くときもくるかもしれないが、

――それまでにわしの寿命が尽きよう。

と、武霊王は予感している。

では、どうすればよいか。

これも童子でもわかる。

「こちらも馬に乗り、馬上で弓矢をつかえばよい」

すなわち騎馬軍団を形成すればよいのである。

そういう明快な理屈を、こどもはわかってもおとなはわからない。ほかの理屈をおとなは知っており、それにしばられているからである。

つまり、伝統と風俗である。

中国というのは世界の中央の国ということで、ここがもっとも明るいことになって

いる。そこからはなれるにしたがって蒙《くら》くなる。蒙さのなかに住む者たちに体系の美しさはない。中国に住む人々は身分によって衣冠がさだまっている。年齢や血胤《けついん》にも尊卑がある。そうした上下を礼儀作法が整然と守りぬいている。

いかなる大力の者でも、親や目上の者に手をあげることはない。

が、夷狄《いてき》の民はどうであろうか。

力がすべてである。

力の衰えた者は力を増す者に屈服する。親でも一族の首長でも力を失えば、もろともに権威は崩壊する。そこにあるのは目にみえる力の計量であり、目にみえぬ力はなんの意味ももたない。

目にみえぬ力に意味をみいだせない民族に文化はない。

それゆえ胡服を非文化人の象徴として中国人はみている。

馬に乗りやすいというだけの理由で胡服を群臣におしつけることを武霊王にためらわせてきたのは、そのことである。

――天下のものわらいになる。

それでも胡服を着用すると決断した武霊王は、案の定、貴顕《きけん》の臣に猛反対された。とくに難色を濃くしめしたのは叔父の公子成《せい》で、

「王は中国をはなれるご所存か」

とさえいった。

武霊王は戦いのときばかりでなく、聴政のときも胡服を着るという。そんなことをすれば、

「趙はもはや中国のなかの国ではなく、夷狄の国よ」

と、諸侯のさげすみを買うにきまっている。

――嗤《わら》いたい者には嗤わせておけ。

武霊王がそこまでの覚悟をさだめたとすれば、公子成はあえて反対しつづけることはしないが、いかにも口惜しい。なぜなら、公子成がみるところ、武霊王は趙の名君といわれる趙簡子《かんし》や趙襄子《じょうし》にまさるともおとらない英邁《えいまい》さと度量をかねそなえており、

――あるいは、この王が天下に号令をくだす人になるかもしれぬ。

と、ひそかに期待していたからである。

その王が胡服を着れば、どうなるか。

武霊王の望む中山《ちゅうざん》や三胡《さんこ》とよばれる林胡《りんこ》、楼煩《ろうはん》、東胡《とうこ》を攻め取ることはできるかもしれない。が、それだけではないか。それらの国の南にある韓、魏、秦、斉などに兵をむければ、つねづねいがみあっている中国の国々は急に争いをやめ、趙に白眼をむけ、

「胡服の軍に中国を荒されてたまるか」

と、同盟し、連合軍を結成するであろう。

それではいつまでたっても武霊王は中国に威令を布《し》けない。

つまり、胡服騎射をおこなうことは、小利を得て、大利を失う。公子成の考えはそれであった。

だが武霊王は、

「便利」

という主題をもって公子成を説得した。

中国人を象徴する服装と礼儀はもともとものごとを便利にするために発生した。趙

という国を考えるとき、胡服のほうが便利なのである。便利をもって不便に替えるのであるから、そのどこが悪かろう。胡服を常用すればそれが習慣となるのである。また礼儀は王朝がことなれば、その内容もちがう。古い礼儀は今に適《あ》わない。今に適う礼儀をさだめればよい。便利とはそういうことである。

武霊王は公子成に胡服をあたえたあと、異をとなえる重臣たちをことごとく論破し、ついに胡服の令をくだし、騎射にすぐれた士を国じゅうから集めた。

楽池の書簡にあったことは、およそそういうことである。

「趙王が野台《やだい》から望んだ国は、中山と三胡で、斉はいっていないのでございますか」

「そうらしい。趙王は人を欲せず。地を欲している。薛公とは正反対だ」

と、楽毅は丹冬にいった。

父が帰宅するとさっそく楽毅は楽池の密使に会ったことを語《つ》げ、趙の制服が一変したことを述べた。

「ふむ……」

父はけわしい表情で腕を組んだ。

――趙王はそこまでしたか。

というおどろきが体内をかけめぐっているのであろう。趙兵は強くない。いつでもあしらえると楽観している者も、この報に接すれば顔色を変えるにちがいない。中山も趙も騎兵をもっているが、その数は多くなかった。しかしながら趙が騎兵の軍団をつくるとなれば、中山がもっている地形の有利は喪失してしまう。狭い路《みち》も林間の路も急勾配《こうばい》の路も、馬ならすばやくすすむことができる。中山側の機動の優位もくつがえされてしまう。

中山の前途はますます昏《くら》い。

「毅よ、寡《か》が衆に勝つ、という戦法が孫子《そんし》の兵法にあろう」

「むろん、あります」

「中山を援助してくれる国はどこにもない。さすれば、独力で趙軍をしりぞけねばならぬ。中山も騎兵をふやし、趙軍の主力を潰滅《かいめつ》させ、趙王の首をとるしか中山を存続させる道はない」

「わたしもそうおもっておりますが……」

「よし、騎馬軍を創設する。それをなんじにあずけたい」

「よろこんで、おひきうけします」

楽毅はまだ二十代である。座して滅びを待つような諦観《ていかん》にみちた年齢ではない。外交によって中山の活路がみいだせないのであれば、戦いぬくしかない。趙王を討ち取れば、その時点で趙の中山にむける野望は熄《や》むであろうが、そこまでいかず、趙軍の攻撃をしのぎつづけているうちに、かならず変化が生ずる。時はおもいもかけぬ相貌《そうぼう》をみせるものである。その相貌が吉祥《きっしょう》の表情をもっていれば、中山は死滅せずにすむ。

——決戦がもっとも愚劣だ。

と、楽毅はおもっている。中山が高慢になって雌雄《しゆう》を決するような戦いを趙にいどめば、一日にして中山は消滅してしまう危険がある。趙王をいらだたせるようなねばり強い戦いかたをすればよいのである。

——年が明ければ趙の大軍がくる。

そう考えはじめた楽毅に、父は、

「太子の側近に、四人の新しい顔がくわわった。王のご命令だ。そのなかに龍元《りようげん》がいる。毅よ、これをどうみる」

と、いった。どうやら敵はしびれをきらしたとみえる。父の目はそういっている。

三

もしも中山王《ちゆうざんおう》の側近が、なまぐさい息で、

「太子を消せ」

と、龍元に密命をあたえたとすれば、太子のいのちは風前《ふうぜん》のともしびである。はじめから龍元を怪しんでいる楽毅《がつき》の父が、手をこまぬいているはずがない。

「みえすいてはおりませぬか」

楽毅は感じたことをそのままいった。

「どこがみえすいている」

父は意味をとりちがえたのか、気色を変じた。

「いえ、父上がお打ちになった手のことではなく、このたびの人事のことです」

「なにがいいたい」

「龍元は王のご命令によって太子の側近になった。その龍元が太子を殺せば、王が太子を殺させたことがあまりにもあきらかになる。非のないわが子を殺して人臣の非難にたじろぎをみせぬほどいまの王は安泰とはおもえませぬ。太子を殺したいのなら、もっと隠微《いんび》な手段をもちいるのではありますまいか」

父は口端で笑った。

「ものごとを浅く読んでも深く読んでも、肯綮《こうけい》にあたらぬ。ほどのよさが要る。龍元が太子を助けたことと、このたびの人事は、ひとつの流れにある。龍元は暗殺者よ」

「太子の傅《ふ》である伯老《はくろう》が龍元をかたづけることになりますか」

念のため楽毅はきいてみた。

「そうなる。数日のうちに罠《わな》をしかけるときいた。太子を殺しやすい状況を龍元にあたえるということだ」

「その日がいつか、お教えくださいますか」

「毅よ、龍元をかばうのか」

「いえ、龍元がまことに刺客《しかく》であれば、わたしが斬《き》りましょう」

端重《たんちょう》をくずさず楽毅はいった。少壮でも大人《たいじん》の風格があるわが子をながめつつ、

「よかろう」

と、重厚さをひびかせて父はいった。

だが、父の想像と楽毅の想像とはことなっている。疑念のおきどころがちがう。楽毅の疑念は、もしも龍元が魏《ぎ》から帰還した太子を殺せと命じられていたのであれば、ほとんど太子を追いつめた賊を撃殺する必要がどこにあったか、ということである。太子を殺すために砦《とりで》をでたにせよ、自分が手をくだすまえに、賊が始末をつけてくれるのである。だまってみていればよかったではないか。

――怪妄迂僻《かいぼううへき》というやつだ。

父の怪疑はまわりくどい。が、どちらの意《おも》いが肯綮にあたっているか、その日になればわかる。楽毅はさらりと表情をあらため、

「父上、武器をあつかう商人をご存じありませんか」

と、つぎの話題にうつった。

弩《ど》を大量に買っておきたい。弩から発射される矢は正確に飛び、殺傷力もすぐれている。懸刀《けんとう》とよばれるひきがねを指でひくだけであるから、弓術のような高度な鍛錬は不要である。数日で弩兵をつくりあげることができる。また、上から下へ矢をはなつとき、狙《ねら》いはより正確になる。城壁の上にずらりとすえておけば威力を発揮するであろう。

孫子《そんし》の兵法ではこの弩が欠かすべからざる武器になっている。

斉《せい》軍の強さの要因は軍中における弩の多さとそのあつかいの巧みさといえよう。臨《りん》淄《し》に留学していた楽毅は弩の効力について承知している。中山の防衛にぜひ必要な武器である。だが趙《ちょう》に三方をかこまれている中山から直接に斉へ武器を買いにゆけない。魏にゆくにしてもおなじことである。国境をやすやすと越えてくる商人を介入させ、入手するしかない。

「周袖《しゅうしゅう》という商人がいる。この商人は霊寿《れいじゅ》の狐午《こご》という商人とつながりがある。なんじが狐午にでむき、周袖に弩を搬入させるように、とりはからうがよい」

「では、さっそくに」

言下《げんか》に立ち、夜道を炬火《きよか》で照らしながら、狐午の家へゆき、周袖への仲介をたのんだ。

「多量の弩でございますな」

狐午は白髪をうしろでしばり、その白髪に黄色い巾《きれ》をのせている。六十歳くらいであろうが、身ぎれいにしている男である。

「早く欲しい」

「いよいよ、趙との攻防でございますか」

戦雲の近いことは、商人のほうが切実にわかっているであろう。

「趙は胡服騎射を断行し、明年、わが国を攻撃する」

「胡服のことは存じております」

「そうか、わしは今日知ったばかりよ。これからは趙のことはそなたにきいたほうが早い」

楽毅はほのかに笑った。

その笑貌《しょうぼう》をじっとみていた狐午は、

「失礼ではございますが、お屋敷では、いちどもお目にかかったことがございません。もっとも、わたしがお出入りをゆるされたのは三年まえですが」

と、楽毅の反応をうかがうようにいった。

「他国へ行っていた」

「斉でございますか」

「おどろいた。なにゆえ、わかる」

「かすかではございますが、斉の方言をききとりました。それに、この多量の弩でございます」

楽毅は口をひらいて笑った。

「そなたを商人にしておくのは惜しい。みごとにわが家の家宰《かさい》がつとまる」

「お褒めにあずかり恐悦いたします。が、商人は節義にとぼしいものでございます。趙から矢や靴《か》をもとめられれば、利益のために、喜んでつくり送りとどけます」

「待て。靴というのは、胡人がはく履《くつ》のことか」

「さようです。足首をすっぽりおおう履で、紐でしばる必要のないものです。馬上でぬげにくい利点があります」

「なるほど、その靴を中山でつくり、趙へ売りつけ、その趙軍が中山を制圧しても、商人というのは生き残れる。恐るべきものだな、商人は」

「商人には国境はございません。儲《もう》かるとわかれば、楼煩《ろうはん》でも、その西の林胡《りんこ》でも、でかけてゆきます」

楽毅は遠くをみるような目つきをした。

「楼煩や林胡は中山と同様に趙王の野望の的《まと》になっている。それなら中山はそれらの国々と手を組み、逆に趙を攻めればよい。そういう戦略が湧《わ》かぬ中山の君臣を嗤《わら》っている者がいるような気がする。商人とちがって、為政者の思考には国境がある」

「利の追求に徹しきれないからでございます」

「わしもそのひとりよ」

「さて……」

狐午はわずかに首をひねった。楽毅さまはすこしちがうような気がいたしますが、といった。狐午は中山の貴門を出入りし、他国の貴族と面語することもあるが、楽毅のような人柄に会ったことがない。一言でいえば、ふところが闊《ひろ》くて巨《おお》きい。人格からたちのぼる気が、虚空《こくう》をさわやかにあざやかに切りすすんでゆく。

——めずらしい人だ。

と、狐午はおもった。好きになったのである。だが商人としての自覚が、そういう感情のかたむきを認めなかった。人への好悪《こうお》は商人が冷静におこなわなければならぬ計算を狂わせる。その自覚が商売という戦場を生きぬくための商人にとっての甲《よろい》である。

部屋に夭《わか》い女が酒器のようなものをささげてはいってきた。

「娘の祥《しょう》です。おみしりおきを」

狐午の声にあわせて一礼した祥は、器《うつわ》を楽毅の膝《ひざ》もとにおいた。盼《はん》とした目の娘で、すこし上気《じょうき》しているのか、血の色が美しく目もとにさしのぼっていた。

「酒か。気づかいは無用にしてくれ」

白濁した液体をみた楽毅は、帰る、というように立とうとした。狐午はかるくひきとめ、

「酒ではございません。牛の乳をいちど腐らせたものでして、えもいわれぬ味がいたします」

と、微笑を哺《ふく》みながらいった。

「腐ったものを食べては、からだに悪かろう」

「ところが、そうではございません。どうぞ、おためしを」

「む——」

眉《まゆ》をひそめつつ楽毅は器をとりあげた。液体とも固体ともつかぬものがのどを通った。

「すっぱいし、くさみがある」

「お気にめしませんでしたか。しかし数日後には、あれを——、と所望なさるような気がいたします」

楽毅はしばらくすると妙なすがすがしさをおぼえた。三日後、

「今夜、罠をしかける」

と、父にいわれた。

蛇の道

樂毅

一

「太子におかれては、斎祈《さいき》のことがあり、宮中の小屋に籠《こ》もられる。明日まで、何人《なんぴと》も近づいてはならぬ」

太子の傅《ふ》である伯老《はくろう》は東宮の臣にそういったという。

もしも側近のなかに太子のいのちを狙《ねら》う者がいれば、護衛のいないその小屋を襲い、太子に凶刃《きょうじん》をふるうであろう、というのが楽毅《がっき》の父の予想である。むろんその小屋に太子の姿はなく、小屋に近づきなかをうかがったり踏みこんだ者を、ものかげにひそんでいる伯老が自分の臣をつかって捕らえようとする計画である。

その日、楽毅は父の従《とも》をして東宮へ行った。すでに太子は東宮にいなかった。小屋にはいったことになっているのであろう。伯老に面識がある楽毅は、するすると近づき、

「おききとどけねがいたいことがあるのですが」

と、ささやいた。

伯老はこの世でたれよりも太子をいつくしんできた人である。私心はいっさいなく、太子のためならただちに火や水に飛びこめる人である。じつは伯老は、太子が魏《ぎ》へ出発するまえ、その道中を宰領する楽毅のあまりの若さに危惧《きぐ》をかくさなかったのだが、帰還した太子の話から、楽毅こそは恃《たの》むに足る臣である、と考えをあらためた。それゆえ楽毅には敬意を払うようなものごしであった。

耳をかたむけていた伯老は、すぐにうなずかず、うしろにいる楽毅の父をみて、その目がうなずいたことをたしかめて、自身もうなずいた。

夜になった。

小屋をとりかこむように楡《にれ》の木が立っている。その梢《こずえ》に遅い月がかかった。

三つの影が飄《はし》った。

またたくまにその影は小屋にはりついた。

「太子、太子」

戸に口をあてるようにひとりが低い声でよびかけた。

「たれか——」

「龍元《りようげん》でございます」

「今夜は、たれにも会わぬ。わしの祈りをさまたげてはならぬ」

「それは存じておりますが、太子のおいのちを狙う者が、まもなくここを襲ってまいります。いそぎお立ち退《の》きを——」

しばらく声も音もなくなった。やがて、戸がひらかれた。

白刃がきらめき、どっと三人が斬《き》りこもうとした。そのとき楡の木の根元に影がゆらめき立ち、すさまじいはやさで小屋に近づいた。三人のうち、ひとりはすでに小屋にはいった。あとのふたりは、まよこから豹《ひよう》のように飛びかかってきた影に気づき、剣身をとっさに立てて、ふせぎのかまえをした。が、そのかまえは虚《むな》しかった。影のうしろから生き物のように伸びてきた戟《げき》に、あっというまに頸《くび》をつらぬかれ、屍体《したい》が虚空《こくう》を飛んだ直後に、ほかのひとりは腹を刺され、くずれ落ちた。小屋のなかでうめき声が発せられたのは、それと同時であった。

戟をもった男は、はっと顔をあげ、

「太子、ごぶじでございますか」

と、小屋のなかにはいろうとした。が、かれはかえってあとじさり、地に片膝《かたひざ》をついた。

「龍元、みごとであったな」

小屋から白冠の男が剣をにぎったままでてきた。

「あ、楽毅どの」

龍元はおどろいて立ちあがった。

あたりが明るくなった。多くの炬火《きよか》が迫ってきた。

伯老と楽毅の父は龍元を一瞥《いちべつ》して、おどろきを自覚したような表情をし、すぐに屍体をあらためた。

「岡完《こうかん》か。こちらは、岸育《がんいく》だな」

伯老は炬火を地に近づけ、楽毅の父に暗殺者の顔をみやすいようにした。

「どちらも名うての剣士ですな」

楽毅の父がそういうと、伯老は無言でうなずき、目でうながした。小屋の屍体を確認しようというのである。楽毅に斬られた屍体はすさまじいありさまであった。ほとんど両断されている。

「里且《りしょ》であったか」

太子の側近としてあらたに東宮で仕えることになった四人の臣のうちのひとりである。

「龍元と名告《なの》って戸をあけさせたのは、この者です」

屍体が小屋からはこびだされたとき、楽毅はそういった。

「さて、龍元、なにゆえなんじはここにきたのか」

と、伯老はきいた。不審をただしておかねばならない。

「太子が危険であると感じたからです。が、なんのあかしもないことなので、ひそかに太子をお衛《まも》りするつもりでした」

「さようか。殊勝《しゅしょう》である、と褒めておく」

「かたじけなく存じます」

「だが、龍元、さきの功といい今夜のはたらきといい、忠誠だけでは解《げ》しかねる奉体《ほうたい》であるようにおもう。なんぞ、わけでもあるか」


毅　「はい……」

「申してみよ」

「恐れながら申し上げます。臣《わたし》の母は太子のご生母にお仕えしておりました。伯老さまのお目にとまらぬところにいた卑妾《ひしょう》でございます。あることで罪を犯しましたが、ご生母さまは、その罪をとがめず、むしろかばってくださされて、宮中から逃がしてくださったそうです。その後、臣が生まれましたが、母からつねに太子のご生母からうけた恩についてきかされました。わが母は亡《な》くなり、ご生母も逝《ゆ》かれたあと、母がうけたご恩をかならず太子におかえしすると誓ってまいったしだいです」

楽　「ああ、そうであったか」

伯老は感嘆の声を夜空にはなった。

むろん楽毅にも楽毅の父にも龍元の声はとどいている。

帰宅してから父はにが笑いを浮かべた。

「なんじの目のほうがたしかであったな。それにしても、中山《ちゅうざん》では五指《ごし》にはいる剣士を、またたくまに斃《たお》した龍元は、どこで武術をならい、みがいたのであろう」

「龍元の父は郷士であったようですから、はじめは父についてならい、その父が亡くなったあとは、独習し、自得したとおもわれます」

と、楽毅は推量を述べた。

「それよりふしぎなのは、なんじの剣よ。わしは教えたおぼえはないが……。臨淄《りんし》で剣術も学んだのか」

「いえ、剣術のことは、なにも存じません」

「龍元が里且の屍体をみて、なんじはさぞや高名な剣士の教えをうけたのであろう、と感嘆しておったぞ」

「そうですか。あの剣は太子の剣で、すぐれたものであったことと、わたしは太子になりかわっておりましたから、気格がだんぜんうわまわっていたからでしょう」

「そんなものかな」

父は自分の子を毅《き》然《ぜん》とつくっている魂胆《こんたん》の重厚な精強さに気づいた。暗殺者はもしかすると楽毅に両断されるまえに、楽毅の渾身《こんしん》から発揚された鋭気のようなものにうちのめされたのかもしれない。

――人とはふしぎなものだ。

身分とはちがうところで、人の格差がある。人がつくった身分ならこわすことも、のり除《と》えることもできようが、天がつくったような差はいかんともしがたい。

「毅よ、王は太子を亡きものにされようとしている。そのご意向を、なんじと龍元とで、二度もしりぞけた。太子の命運の強さは喜ぶべきことであるが、天のご加護がいつまでつづくか、こころもとないことである。このうえ王が太子に過酷なことをなされるようであれば、どうであろう、太子を斉《せい》に亡命させなければなるまい」

「父上、いまは、それにはおよびませぬ」

楽毅の目にほのかな笑いが浮きでた。

「ほう、そうか」

「過酷さは、まもなく趙《ちょう》からやってきます。王は太子どころではなくなり、戦陣にお立ちになって、ご自身の命運を必死に守ることになりましょう」

「ふむ……」

まもなく防衛を強化するための工事が中山の各地ではじめられる。兵の訓練も喫緊《きつきん》のことである。

「騎馬軍の創制については、まもなく許可がくだされようが、その将軍の任がなんじにあたえられるのは、むずかしい」

「わかっております。将軍がたれになるかも、わかっております」

「それは、たれか」

と、父はきかなかった。たがいの胸中《きょうちゅう》には太子しか浮かんでいない。王はこの期《ご》におよんでも太子を殺すことを考えている。騎馬の将軍に太子を任命すれば、太子は城をでて戦わねばならず、それだけ死亡しやすいということである。

「天のご加護を祈るしかない」

と、父がいったので、楽毅は、

「わたしは頼りになりませんか」

と、強い言を揚げた。

「そうではない。国の興亡を決めるのは、人ではなく、天だ、ということを忘れてはならぬ」

父の言のほうが強かった。

二

楽毅《がつき》は狐午《こご》の家をしばしばおとずれるようになった。

「周袖《しゅうしゅう》からまだなにもいってこぬか」

と、きくための訪問であるが、つねに楽毅に陪従《ばいじゅう》している丹冬《たんとう》には、主人の心情のありかがわかっている。

「狐祥《こしょう》に惹《ひ》かれておられる」

と、同僚というべき超写《ちょうしゃ》にいった。

「宰相のご嫡子《ちゃくし》の妾《しょう》であれば、商人の娘でなくてもよさそうだが、それほど美しいか」

「そうだな。早春の香雪《こうせつ》といったところか」

丹冬は詩的なことをいった。雪のように白く香りの高い花を香雪という。その花がきよらかな空気のなかで咲きかけているという風情《ふぜい》が狐祥にはある。

が、当の楽毅は狐祥がいようがいまいが、狐午と雑談をしてひきあげるのがつねであった。丹冬が予想したことはなんの進展もみられぬので、首をひねり、

「主《しゅ》がなにも仰《おお》せにならずとも、狐午は商人の勘で察しているはずだ。それにもかかわらず、娘を献上せぬのは、ほかの貴族のなかに狐祥を側室に迎えたい者がおり、狐午は打算をはたらかせているにちがいない」

と、超写にいった。

「そうとはかぎらぬ。狐祥は末娘だから、とくに愛幸されており、狐祥自身が父のもとをはなれたがらないのではないか」

このふたりの推量はとりとめがなくなりつつある。

だが、実際のところ、狐午と狐祥の心情の所在はふたりの推量の外にあった。狐祥ははじめて楽毅に会ったとき、霊気にうたれたような気分になった。楽毅が帰ったあと、狐祥はそのことを父に語《つ》げ、

「貴門のかたは、みなあのような神采《しんさい》をおもちなのでしょうか」

と、おどろきの余韻をこめてきいた。

「そのようなことはない。あのかたは特別だ。おそらくあのかたの器は、中山《ちゅうざん》という国をこえる」

「まあ――」

狐祥はうれしげに目を細めた。笑うと眉宇《びう》に香雲《こううん》がただようような華やかさをみせる娘である。狐祥にしてみれば、なにごとについてもつねに辛口をむける父が、楽毅についてだけは手ばなしで褒《ほ》めたことが、うれしかったのであろう。

「だが――」

と、父の口のかたちがかわった。

「あのかたは天下にひきだしてもまれにみる大器であるにはちがいないが、その大器をつぶす大器が隣国に君臨している」

「趙王でございますね」

「趙王の気宇は壮大で、このままゆくと、中山や胡《こ》ばかりか、燕《えん》や秦《しん》、それに魏まで滅ぼし、中国の北半分を征服なさるかもしれぬ」

「それでお父さまは、兄さんに家財の半分を斉《せい》に移させたのですね」

狐祥は利発である。

父の保身と財産の保全のための手段を、勘でみぬいている。中山を攻める趙の王室とのつながりを深めっつある父の商才をほめもしないが、なじる気も毛頭ない。商人とはそういうものである、と狐祥は肌身で知っている。

「天下は――」

急に狐午は商人らしからぬことをいった。

狐祥はだまって父の口もとをみつめた。毅然としたもののいいかたをするときの父の顔が好きであった。

「天下は、趙王と薛公《せつこう》との対決をむかえる」

「孟嘗君《もうしょうくん》でございますね」

「そうじゃ……」

「どのようなかたでございますか」

「薛公は小柄なかたのようだな。食客《しょっかく》の数は、三千人とも五千人ともきく。斉の宰相でありながら、食客とおなじ物を食べ、俠気《きょうき》にあふれ、信義をつらぬく人である。その盛名は諸侯をしのいでいる」

「その諸侯のうちに、趙王もはいるのでしょうか」

楽　毅　「声名《せいめい》だけでは、趙王は負けている」

「では、斉王はどうでしょう」

「むろん、薛公におよぶまい」

「すると、孟嘗君はあやういかたでございます。宰相でありながらその国の王をしのいでいれば、わざわいに逢《あ》うことになりますまいか」

「祥よ」

狐午は苦笑した。

「おまえを男にしたかったな。よい商人になれる」

「わたしは……」

狐祥はうつむいた。

「楽毅さまがおまえをみそめた」

狐祥はうつむいたまま顔を赤くした。しばらく狐午は娘をながめていた。

父がなにもいわなくなったので、狐祥はいぶかしげに目をあげた。

「楽毅さまのもとへゆくか」

狐午の声がまっすぐ狐祥の胸にはいった。

「はい」

狐祥は自分でもおどろくほど素直に返辞をした。

「ただし、夫人にはなれぬ。妾《しょう》だ」

「わきまえております」

「ふむ、おまえの心はわかった。が、祥よ。商人が利をきびしく求めるように、女としてのおまえはいのちを資本にして福を求めなければならぬ。投機といってもよい。楽毅さまはおまえにとって福を産むか」

父にそういわれて狐祥は内心とまどいをおぼえた。自分の結婚を打算で考え、夫になる人を投機の対象として考えたことはない。

「楽毅さまはおまえを愛しぬいてくれるであろう。それはわかる。ところが、そのかたが婚礼の翌日に戦死なさったらどうする。おまえは一夜の幸福を財産に生涯《しょうがい》をすごさねばならぬ」

「たとえ、そうなっても……、悔いはないとおもっています」

狐祥はまなざしをさげ、自分の心をのぞきつつ、ことばをえらんだ。

「それでは、なげだしたいのちの価値の大きさのわりに、幸福の儲《もう》けがすくない」

と、狐午はいって、小さく笑った。狐祥は笑わなかった。結婚を商売のように考えたくない。

「女は婚家の運に染めかえられる。とにかくいまは楽家の運を見守りたい。それからおまえをとつがせるか、どうかを決める」

「お父さま、そのまえにわたしは楽毅さまのもとに奔《はし》るかもしれませぬ」

「はは、妄想《もうそう》と幻想のなかを奔るか。商人の娘らしくない。しいてとめはせぬが、すすめられることではない」

狐午は趙の王室に納める製品を輸送するついでに、娘の狐祥も趙へ送った。

「ここは戦火が飛んでくる。趙の肆《みせ》のほうが安心だ」

と、狐祥にいいきかせた。狐祥は当然中山にとどまりたいというであろうとおもっていたが、わずかに首をかしげてから、

「おいいつけにしたがいます」

と、素直に霊寿《れいじゅ》をはなれた。そうなるとかえって、

――この娘はほんとうに楽毅さまが好きなのか、どうか。

と、親の目からみても怪しさをおぼえた。

周袖《しゅうしゅう》の荷が到着した。荷のなかみは武器である。おどろくべきことに、周袖自身がその荷を宰領してきたのである。

「どういう風の吹きまわしですか」

周袖を自家に迎えた狐午はあえて目をみはった。周袖は天下の豪商のひとりで、商略のすさまじさは、ほかの豪商から恐れられているが、かれは商戦に長じているわりに、年齢はひくく、五十歳前後といったところであろう。武人のようにひきしまったからだをもっている。が、容貌《ようぼう》はそこはかとなくやわらかい。

「中山に暗雲がみえましたので、その雲の下がどうなっているのか、この目でみたくなり、でかけてきたしだいです」

と、周袖はいった。

「そればかりではないとおもうが、ま、よくぞおいでくだされた。さっそく楽家へ使いをだします」

「あ、狐午さん、宰相へはわたしがご挨拶《あいさつ》にまいりますが……、そのまえに、楽毅さまにふたりだけでお会いしたいのです」

ふっ、と笑った狐午は、

「なるほど、周袖さんの目的は、楽毅さまですな」

と、周袖の胸中をみすかしたような目つきをした。周袖は笑ってこたえなかった。

狐午はふたりの会談のために離れ家を用意した。

三

楽毅《がっき》を部屋に迎えた周袖《しゅうしゅう》は士人《しじん》のような礼容をみせた。それから、

「想像していた通りのかたでした」

と、腹蔵《ふくぞう》なさそうにいった。

楽毅は微笑した。眉宇にさやかに風が吹くような笑いである。

「わしは大いにちがった」

「はて、どのように」

「周袖は大蛇《だいじゃ》だという者がある。したがって冷眼をそなえ、人を呑《の》みこむ口をもっているとおもっていた」

「いきなり戯言《ぎげん》を弄《ろう》されましたか」

周袖は苦笑した。

「戯言ではない。実際、そうおもっていた。が、容姿は端正でさえある。すると世人は、周袖どのの容貌ではなく商才を、大蛇にたとえたとみえる」

「はて、商才が大蛇とは——」

「孫子の兵法にある。用兵のうまい者は恒山《こうざん》に棲《す》む蛇のようなもので、頭を撃たれれば尾が襲い、尾を撃たれれば頭が襲う、胴を撃たれれば頭と尾が同時に襲う。周袖どのの商法もそれであろう」

「なるほど、恒山の蛇ですか。似ておらぬこともない」

周袖はあっさりいった。

「その大蛇が恒山の南にある中山《ちゅうざん》に出現した。さて、そのわけを、きかせていただこう」

「楽毅さまは斉《せい》の臨淄《りんし》に留学なされた」

「ふむ……」

「そこで、さるかたに面会なさった」

楽毅は周袖をみなおした。薛公《せっこう》・孟嘗君《もうしょうくん》と会ったことをこの男はすでに知っている。

この事実をどう解すべきか。

「かつて中山は斉の公室から夫人を迎えるほど親交があった。しかし中山の君が王を称《とな》えたことにおいて、その親交は不幸にも杜絶《とぜつ》した。が、楽毅さまは中山の保全を考え、斉との国交を回復なさろうとしている」

「そう願ってはいるが、現状はことごとくそれに反している」

「存じております。楽毅さまが太子を擁して、魏《ぎ》との国交を拓《ひら》こうとなさったことも存じております」

「ほう——」

楽毅は目前の商人の情報蒐集《しゅうしゅう》能力の高さを痛感した。周袖にかぎらず豪商とよばれる者たちにとって、情報は商売の死活にかかわるので、その蒐集は迅速であり、かつ綿密である。それはわかるのだが、情報蒐集の方法はどうなのであろう。たとえば楽毅が薛公に会ったことを、どうして周袖が知ったのか。

「楽毅さまの努力にもかかわらず、中山の四方はふさがったままです。まもなく趙王《ちょうおう》が大軍を発して中山を攻めることもわかっております。中山は存続できましょうか」

「わからぬ」

「ご無礼なことを申しますが、趙王は打てるだけの手をうち、中山王は手をこまぬいていたようにみえます。それゆえ、趙王は幼児の手をひねるとおなじたやすさで、中山王をくだしましょう。すると中山国は趙のものとなりますが、中山王をはじめ太子や楽毅さまは趙王の寛恕《かんじょ》を乞《こ》うて、趙の軍門で跪拝《きはい》するでしょうか」

「それは、せぬ」

楽毅は断言した。中山の国民は誇り高い。いのちを惜しんで趙王にあわれみをもとめにゆくことはない。

「すると、中山王も太子も戦死なされ、太子の弟や子は趙兵に殺される。すなわち中山王の血胤《けついん》は絶えてしまいます。それでよろしいのでしょうか」

「よくはない。が、ほかにてだてはなく、滅びぬように戦いつづけるまでだ」

「そこで、斉のさるかたからのご伝言がございます」

なんのことはない、周袖は薛公と親しいということである。

楽毅の顔にうかんだ苦笑がまたたくまに目もとに斂《おさ》められて、しんとしずまったものにかわった。

——薛公はわしになにをせよというのか。

この伝言は中山の死活にかかわるにちがいない。楽毅は全身を耳にした。

「では、申し上げます」

「うむ」

「太子を斉に亡命させたらいかがか。さるかたはそう仰せになりました。それにつきましては、この周袖がいのちにかえましても、太子を斉におとどけいたします」

「亡命か……、なるほど」

楽毅は薛公の意向をすばやくうけとめた。父から太子の亡命の話をもちだされたとき、いちおうしりぞけるかたちをとった楽毅であるが、おなじ話が薛公からだされたとなると一考せざるをえない。薛公も中山が滅亡するとみている。斉も趙の中山攻めを助力する方向にあることは、薛公の口からきかされた。隣国の燕《えん》は中山と趙との争いにまったくかかわらないという態度をとっており、中山の滅亡がせまったとき、豪壮を誇って他国との友誼《ゆうぎ》をおろそかにした中山王が亡命する路《みち》はひらけまい。斉にとってそれがよいことか、どうか、つきつめて考えてみれば、けっきょく中山が滅亡すれば、そこは趙の領土になるだけであり、斉にはなんの利益にもならない。むしろ将来の中国の二大勢力とは、趙と斉である、と見通せば、中山の消滅は趙の拡大とおなじことになり、害になるばかりである。いま斉が趙を援《たす》けようとするのは、中山が斉に憎悪《ぞうお》をむけているからであり、感情のうえでの趨勢《すうせい》にほかならない。中山が斉へむける感情の色を変えれば、斉は中山を援助し、存続させる用意がある。なぜなら中山が健在であれば、趙は胸腋《きょうえき》に匕《ひ》首《しゅ》をあてられたかたちになり、身動きできなくなるからである。

中山の太子が斉に亡命すれば、どうなるか。

薛公はその一事《いちじ》をもって中山王室内のむずかしさを斉王に説き、出兵をとりやめさせることができるであろう。また、たとえ中山が滅んでも、太子を擁して中山国を復興させると称して、斉兵を北上させるに諸侯をはばかる必要がない。正義は斉にある。趙がそれをはばもうとすれば一戦をおこなうまでであるが、世論はかならず斉にとって有利なはずである。さいわいにして斉軍が勝てば、中山国は太子が王となって運営がはじめられ、しかも斉との同盟が復活する。

薛公はそこまで考えているのであろう。

とにかく薛公が憂慮するのは、中山王の血胤が絶滅することである。

「かつて斉の桓公《かんこう》も晋《しん》の文公《ぶんこう》も、自国に道なしとおもい、他国へのがれて雌伏《しふく》していたときがあります。亡命はいささかも恥ではございますまい」

周袖は節士のようないいかたをした。

「わかった。斉の宰相が太子をひきうけてくださるのなら、わしにためらいはない。太子に進言してみる」

「では、太子のご返辞がいただけるまで、わたしは霊寿《れいじゅ》にとどまっております」

「ふむ、……しかし周袖どの、太子を斉へ送りとどけても、なんの利益にもならぬ。そういう商法もあるのか」

「これは商法ではありません。周袖個人の俠気《きょうき》だとおもっていただきましょう」

「人とはわからぬものだ。周袖といえば、利にくらいついたらはなれぬ蛇であるのに、利のないことにもいのちを賭《か》ける。どちらがまことの周袖であろうか」

「どちらも、と申しておきましょう」

周袖は微妙な笑いをみせた。

離れ家をでた楽毅は、周袖の俠気について再考してみた。商人は利得《りとく》にいのちを賭けるものである。したがって中山の太子を亡命させることは、楽毅にはわからない利の道へつながっているのかもしれない。そうではなく、周袖の俠気が純粋であるとすれば、人の純度を高めるなにかがあったはずで、そのなにかとは、薛公という存在ではないのか。

——薛公のためならいのちも惜しまない。

節義とはかかわりのない商人でさえ、そういう気持ちにさせるのが薛公であるとすれば、薛公の仁徳は稀有《けう》のものであろう。中山の国民は薛公を忌《い》み嫌い、少々他国の情に通じている者は、

「薛公は自分の欲望を盈《み》たすために食客をやしなっている」

とか、

「薛公の無道さは、食客のなかに犯罪者がいることでわかる」

とかいう。

百聞は一見にしかず、とはよくいったもので、薛公に会わずとも、みるだけでよい、薛公の小柄な体軀《たいく》から発散される熙々《きき》としたものに打たれるはずである。楽毅はそのひとりである。

——周袖もそうか。

考えるまでもなく、利を追い求めているのは商人ばかりではない。各国の政府のほうがそのやりかたはあくどい。戦争という手段で自国の利益をふやしている。その対極に立っているのが薛公である。かれは私欲のために軍を催したことはない。斉のためにだけ勝算を立てる人ではない。その薛公が私欲にかたまった商人を近づけるであろうか。

「周袖は信じてよいとおもいます」

ひそかに太子に謁見《えっけん》した楽毅は、太子に亡命を勧めたあと、そういった。

「楽毅よ、他国に亡命した太子や公子は、何人いるかわからぬ。だが、帰国して成功した斉の桓公や晋の文公は奇蹟《きせき》の人といってよい。帰国できず、亡命先の国で、むなしく余生をおくった人のほうが、はるかに多いはずである」

「太子――」

「まあ、きけ。趙の襲来は目前に迫っている。いま亡命したら、敵前で逃亡したと同然であり、中山の民はわしの帰還をゆるさぬであろう」

「それは……」

「わしはいつか死ぬ。中山の民にそしられて死ぬより、中山の民とともに趙軍と戦って死んだほうがよい」

「太子が戦死なされば、中山は滅びます。民がそれを望んでいるとはおもわれませぬ」

「いや、中山には腹ちがいの弟がおり、わしの子もいる。いまのうちになんじにたのんでおきたいのはそれよ。つまり、王もわしも死に、腹ちがいの弟が王として立つようであったら、わしの子を斉へ亡命させてくれぬか。わしの子が王として立てるなら、なんじに輔佐《ほさ》をたのみたい。いずれにせよ、わが子をなんじにまかせたいのだ」

　太子のほうがさきに頭をさげた。

楽毅は逆に太子に説得された。その仔細《しさい》を周袖に話すと、周袖はいちいちうなずき、

「どなたを亡命させるにせよ、どうかおまかせを」

と、いい、霊寿を去った。いれかわるように春の風が吹き、その風とともに趙軍がきた。

黎《れい》明《めい》の奇襲

一

趙《ちょう》の武霊王《ぶれいおう》の戦略は少々変わっている。

かれが征服すべき地は、中山《ちゅうざん》、林胡《りんこ》、楼煩《ろうはん》、東胡《とうこ》であるが、それらをべつべつの国とはみなさず、

「狄《てき》」

とみなして、軍を分散させず、大軍のまま遠征を敢行しようとしたのである。つまり中山を縦断し、東胡を突破し、楼煩を攻撃し、林胡を降伏させようという計画である。大遠征といってよい。できることなら、一度の遠征で、それらの四国をことごと

く征服したい。

――そのための胡服騎射だ。

武霊王には自信がある。快足の軍をつくりあげ、兵の訓練も充分におこなった。趙軍をあなどっている狄を仰天させる楽しみを懐《いだ》いて、邯鄲《かんたん》を発《た》った。

その趙軍を邀《むか》え撃つ中山は、昨年趙軍に国内をまっすぐに北上されたという記憶は新しく、恥辱をかさねることを恐れ、趙軍の進路をふさぐために塞をいくつかつくった。そこに兵を籠《こ》め、弩《ど》をならべた。

中山の騎馬軍の将となった太子は、楽毅《がっき》の兵略の才を恃《たの》み、佐将に任じて身近においた。

「鄗《こう》はすでに趙軍の攻撃にさらされている。わが軍はどうすべきか」

と、太子は楽毅に詢《はか》った。

「趙軍は、鄗、封竜《ほうりよう》、東垣《とうえん》というふうに兵馬をむけてきましょう。東垣は四方に路《みち》が通じる要地で、ここを破られますと、昨年とおなじように中山はふたつに引き裂かれます。それゆえ、東垣の邑《まち》はより強固なそなえにしてあり、付近にふたつの塞をすえました。おそらく趙軍は東垣でその足どりが怪しくなるはずです」

「ふむ……」

太子の目に光がたくわえられている。自分の決断と命令とが騎兵の生命にかかわるとおもえば、どんなこまかなこともおろそかにできない。楽毅の予想と戦略にあやまりがあれば、匡《ただ》さねばならない。将とは敵と戦うまえに自分と戦わねばならぬ。そうすることによって心胆《しんたん》が練《ね》れてくる。それが眼光を変えるといってよい。

「趙軍は、あわよくば一回の遠征で、中山と三胡を降伏させようとしています。中山の攻略がはかばかしくいかぬ場合は、そこで軍をとどめず、胡へ軍をむけるはずです。すなわち東垣を攻めあぐねた趙軍は西へむかう」

「東垣から西へむかえば、霊寿《れいじゅ》を襲うこともありうる」

「それはありますまい。東垣の防衛の厚さを知った趙王は、首都の霊寿のそなえが東垣より堅いと考え、霊寿と石邑《せきゆう》のあいだにある寧葭《ねいか》のあたりを通るはずです」

「そうか」

太子は白布のうえに描かれた地図をにらんでいる。

「趙軍は大軍ですが、縦列になって通らねばならぬところがあります」

「そこで奇襲をかけよと申すのだな」

「いえ、趙王は戦いに長《た》けております。死地と生地を知りぬいておりましょう。ただひとつの欠点は、中山をみくびり、自分の合理に酔っていることでありましょう」

「それで……」

毅「寧葭の邑を、おそらく攻めずに、近くを悠々と通過するでしょう。したがいまして寧葭の民をあらかじめほかの邑に移し、騎馬で充満させておく」

「うむ」

楽「奇襲をかけてもよい地に騎兵の少数を出没させ、趙王の意識をそちらにむけさせる」

「そうか」

太子はようやく楽毅の戦法をのみこんだ。

——敵の虚《きよ》を衝《つ》く。

ということであろう。太子は孫子《そんし》の兵法を学んだことはないが、楽毅の発想から感得したことはそれである。

この場合、趙王は中山の各邑に防備のととのっていることを知り、東垣を突破できなければ、中山攻めをあとまわしにし、胡を攻めることに意識をむける。さっさと中山をあとにしたい。そのとき当然追撃されることを用心するであろうが、どの邑からも出撃してこないとわかれば、寧葭の邑も軽視し、むしろ狭隘《きょうあい》な路での待ち伏せを予想しはじめる。そこで中山としては趙王の予想を満足させるように、奇襲に適した路の近くに、騎兵の影をわずかにみせておき、趙王の意識をひきつける。つまり、そのとき趙王は後方にたいして虚になる。寧葭には中山の騎兵が充満しており、趙軍の後尾を速攻する。

「中軍にいる趙王を伐《う》つことはできぬか」

太子に欲が生じた。楽毅の戦術が成功すると確信にちかいものをえたからである。

「太子、大蛇の胴を撃てば、尾で巻かれ、頭に食われます。趙軍を悩ませつづけてゆくことが、中山の活路なのです」

と、楽毅はいい、決戦をさけることを、ここでも強調した。

「そうであったな」

太子はそういいつつも、楽毅の献策に奇抜さがあるだけに、もしも趙王のいる中軍に奇襲をかければ、あるいは趙王を殺すことができるのではないかという想像を棄《す》てきれない。

——趙王が死ねば……。

と、想像はおのずと先にすすんでゆく。中山の民は安寧《あんねい》をとりもどし、君臣は防戦の緊張から解きはなたれる。さらによいことに、趙王を殺した太子は驍名《ぎょうめい》が高々とあがり、国内での輿望《よぼう》を一身にうけるばかりか、天下にその名がしれわたる。そうなれば中山王は太子に手がだせなくなり、太子の意のままに国策を変更できるようになる。

「趙王を討ち取りたい」

太子はおもわずそういった。

一瞬、楽毅の目から感情が引き、すぐに微笑とともに感情がもどってきた。

「わたしもおなじ意《おも》いです」

だが、と楽毅はおもう。趙の武霊王は中山を取るために九年もまえから手をうちはじめている。それを戦略とみなせば、武霊王は慎重で用心深い性格をもっており、戦場においてもなかなかすきをみせぬであろう。年月の厚みをもった戦略を、わずかな時を利用する戦術が撃ち破るのは困難である。たとえ武霊王が目前にいてこちらが矢を放っても、その矢は年月の厚みにはばまれて、武霊王を倒すことはできぬ。中山が短期の戦術にたよらず、長期の戦略に目をむけるようになってはじめて、武霊王を討ち取ることができる。そのためには国力の充実、外交の転換、人材の発掘と獲得など内からおこなわねばならぬことが山ほどある。中山は武を誇りすぎて、おこたってきたことが多い。

成功する者は、平穏なときに、危機を予想してそなえをはじめるものである。

中山はその逆である。

——だが、この太子が国王になれば。

国政は一新されよう。そのために太子を戦死させるようなことがあってはならぬ。

楽毅は趙軍がじりじり北上してきたことを知ると、寧葭へゆき、人民を避難させた。邑内がほとんど空《から》になったのをみきわめたうえで、太子と騎馬軍団を迎えた。

楽毅はたえず偵騎《ていき》を放っている。

こちらの秘策が趙軍に察知されるのを恐れた。

「あたりに趙の偵騎はおりません」

と、超写《ちょうしゃ》が報告にもどってきて、ようやく安心した。趙軍は東垣を突き破って北上するつもりであろうから、偵騎の目は東垣から北にむいており、西へはむいていないはずだという楽毅のみこみ通りであった。

趙軍にやぶられた邑はなく、いま東垣が趙軍の攻撃にさらされているという報告がはいった。

東垣には楽毅の父がはいり、兵を指揮している。ほかの邑が陥落せぬのに、よもや東垣が突破されることはあるまい。

「弩《ど》が威力を発揮しているようだ」

と、太子は満足げにいった。

「趙王にとっては意外であったにちがいありません。すでに趙王は来年の中山攻略の方法を考えておりましょう」

「それはさておき、なんじはわしの知らぬ策戦を立てているようだな」

「お耳に達しましたか。兵が足りませんので、樹木を利用しようと考えております」

楽毅は地面のうえにあらたな印を描きくわえた。

「趙王は後軍が攻撃されたと知るや、中軍の一部を援助にさしむけます。太子はそれをごらんになれば、兵を引き、寧葭にもどらず、この道をおすすみください」

「ふむ……、趙軍が追ってこないときは――」

「追わせるようにしていただきます」

「はは、わかった」

数日後、趙軍の進路が西にかわったという急報が到着した。

邑内に緊張が走った。

明日には趙軍がみえるであろう。楽毅は龍元《りようげん》のもとにゆき、

「くれぐれも太子をたのんだぞ」

と、いい、口もとをひきしめた。

二

自分の成算に自信のありすぎた武霊王《ぶれいおう》は、中山《ちゅうざん》の抗戦のはげしさが意外であり、不快であった。

去年は、なすすべがないといわんばかりの逼塞《ひっそく》さをみせて、趙《ちょう》軍の通過を見送っていた邑が、今年は活発に応戦している。

——わしはなさけぶかい。

そうではないか。去年、趙軍が首都の霊寿《れいじゅ》を襲えば、中山王を殺せたかもしれないのである。それをせず、中山が趙に服属しやすいように、時をあたえたのである。ところが中山は魏《ぎ》や燕《えん》に援助を乞《こ》い、両国の援助を得られぬとわかっても、趙に頭をさげにこず、武装を厚くして趙を邀撃《ようげき》した。中山の軍備をととのえさせるために時をあたえたようなものである。

——中山には弩《ど》がふえたな。

武霊王はみのがさなかった。中山は弩を軽視してきた。それなのに、にわかに弩を充実させたのは、

——斉人《せいひと》が軍師として中山にはいったのか。

と、疑ってみる必要がある。

斉はおもてむき趙に協力することを約束した。が、ものごとにはかならず裏がある。その裏にいるのは、

「薛公《せっこう》か」

と、武霊王はつぶやいた。

——あの男と天下を争うことになる。

予感がそう告げている。薛公にすれば、中山が滅亡すれば、黄河より北はことごとく趙の領土になりかねないので、なんとしても中山を生かしつづけたいであろう。さいわいなことに中山には愚劣な王と臣下がそろっており、外交の妙計を立てる者はいそうにない。さすがの薛公も、愚人の袖《そで》を引いても、引かれたほうは怒るだけで、手がだせまい。

「驕《おご》る者は滅ぶのよ」

武霊王は中山をみくだしている。

だが、中山に多少の変化があることはたしかである。

一回の遠征で中山という国を消滅させ、天下をあっといわせたいという武霊王のたくらみはついえた。どの邑《まち》も堅固な守りをつらぬき、一邑《いちゆう》さえも落とせない。とくに東垣《とうえん》のあたりにはあらたに塞がつくられ、趙軍の通過をゆるさないかまえをみせている。そこを強引に通るとかなりの死者がでることは武霊王のような戦術眼のたしかな者には瞭然《りょうぜん》であった。東垣のあたりの地形と塞のおきかたは、趙軍を死地へ誘いこむようになっている。ここにも武霊王の不快がある。

——たれがこういう塞をつくらせたのであろう。

中山にあらたな頭脳がくわわったとしかおもわれない。不透明ないらだちがある。薛公が謀臣をひそかに中山に送りこんだのでなければ、兵法のわからぬ中山の君臣が、必死に知恵をしぼりだした防衛のやりかたにちがいない。奥ゆきのない戦法なら、ひとつをくずせば、あっけなく闊然《かつぜん》と趙軍の勝利がみえる。

——やってみるか。

と、なんどもおもい、そのつど、この軍で胡《こ》を攻めねばならぬ、ここで大量の死者をだすとこの遠征を中止せざるをえなくなる、とおもいかえし、ついに武霊王は、

「馬首を西へ転じよ」

と、命令した。

その時点で、中山攻めは明年だ、と心に決め、決めたかぎりははやく中山をぬけて、胡を攻めたいという意欲に身が惹《ひ》かれた。だが一瞬、冷静さにふみとどまった。

「急ぐな」

と、兵に号令した。それは自分にいいきかせるという声であった。急げば、中山の各邑を攻めあぐねた趙軍が、まるで敗走してゆくようであり、他国の者がこの戦いについてきいたとき、誤解しやすい光景はうち消しておく必要がある。行軍の速度をゆるめたのは、そういう配慮ばかりでなく、もうこれで中山での戦いはおわったという気のゆるみを衝《つ》かれないとはかぎらぬ、と自分をいましめたからである。

——塞をつくった男が、ほんとうに兵法を知っていれば、わずかに弛緩《しかん》した兵気を

みのがさぬはずだ。

趙軍は自国の国境に近づけば安心する。そこに中山の兵が伏せていれば、こちらの被害は甚大となる。

武霊王は軍吏を呼んだ。

「牛翦《ぎゅうせん》に、こう伝えよ。偵騎を多く放ち、伏兵の有無をたしかめ、わしに報《しら》せるようにと」

牛翦は車騎《しゃき》将軍である。

西にむかってゆっくりすすむうちに報告がとどいた。

「山間に中山の騎兵の影あり。伏兵の有無はさだかならず」

武霊王は口をゆがめた。

――中山にいやな男がいる。

狭隘《きょうあい》の地に兵を伏せているにきまっている。その正体のわからぬ男の策戦の裏をかいてやろう。武霊王がそう決心したとき、近くにみえた寧葭《ねいか》の邑は意識の外になった。

不審を感ずるべきであった。

寧葭の邑が静かすぎたのである。

趙兵たちは、

「あの邑は居竦《いすく》まっている」

と、嗤《わら》いながら通ったが、将の目は慧眼《けいがん》でなくてはならず、兵の目の平凡さに同化してはならないのである。が、このときの武霊王は、みずからの想像のなかに埋没し、現実をみすごした。

趙は晋《しん》からわかれた国であるが、晋の三軍が上・中・下軍とよばれていたのにたいして、左・右・中軍がその呼称である。武霊王は左軍の将の許鈞《きょきん》に、

「迂路《うろ》をすすみ、中山の伏兵を殲滅《せんめつ》せよ」

と、命じ、車騎将軍の牛翦には、

「大きく展開せよ」

と、山間の路をしらべつつすすむように指令した。

――これで中山の伏兵を扼《やく》した。

満悦の微笑を浮かべた武霊王の視界から、すでに寧葭の邑は消えていた。

武霊王は中軍にいる。中軍の後方に後軍がいる。この軍はつねに最後に戦闘にくわわるためにあり、全軍が退却するときに敵軍の追撃をはばむ役目を負っている。この場合も、退却にひとしいので、後方に注意をおこたらなかったが、ここまで一兵の影も認められなかったので、さすがに寧葭近くをすぎるころには、

――中山は防衛に必死で、われらを追撃するゆとりがあろうか。

と、すっかり軽蔑《けいべつ》した。

夜、行軍は停止した。むろん寧葭の兵が夜襲をかけてくるかもしれないので偵騎は残してきた。寧葭の邑を遠くから監視している兵の目に異状はうつらない。

交替でねむることになっているので、同僚の兵が起きてきたとき、その兵は大あくびをし、月下の邑をゆびさして、

「弱兵ばかりが籠《こ》もっているとみえて、死んだような邑よ。王はあの邑を攻めればよかったのだ。見張るにあたいせぬ。朝までねむっていても大事はない」

と、いい、また大あくびをした。

「そういうわけにはゆくまい」

おなじようなあくびをした兵は、目をこすり、馬に異状のないことをたしかめてから、寧葭の邑を見守った。

静かに夜が更《ふ》けてゆく。

気がつくと寧葭の城壁が闇《やみ》に沈んでいた。

——月はどこに行った。

上空には星だけがある。が、うすく雲がひろがっているようで、星の光は地にとどいていない。夜明けのまえに、ぶきみなほどの闇《くら》さがある。

——風がでたのか。

兵はそうおもった。音がする。さやかでない音である。遠くを吹きすぎてゆく風であろうかと兵はおもった。自身は風を感じないのである。その音はなかなか熄《や》まない。ふたたび静寂を感じたとき、兵ははっとして、耳を地につけた。地ひびきはない。

「おい」

かれは寝ている兵の肩をたたいた。兵は跳ね起きた。

「どうした」

「なにか変だ」

「寧葭から兵がでたのか」

「そんな気がしないでもない。さっぱりみえぬのでたしかめようがない」

「兵車がでれば、かならず音がする」

「兵車ではないな。騎兵か歩兵か。どうも胸騒ぎがする」

「よし。敵に発見されてもかまわぬ。炬《きよ》に火をつけ、しらべにゆこう」

「そうするか」

　ふたりは馬に乗り、邑に近づいた。そのふたつの火を城壁のうえからながめている楽毅は、横に立っている丹冬《たんとう》に、

「あの偵騎は払暁《ふつぎよう》に太子の軍団を発見するであろうが、手おくれだな。こちらは、あの火が遠ざかったら、ここをでて、所定の地へむかう」

と、いい、天空を仰いだ。かすかに星がみえる。

　ふたたびまなざしを落とすと、ふたつの火はゆっくり西へむかって移動しはじめた。その火が地の闇に呑《の》まれるのをみとどけた楽毅は、城壁からおりて、

「でるぞ」

と、整列した騎兵に、豊かな声でいった。

三

太子の指揮下にある騎馬軍団は、馬に枚《ばい》を銜《ふく》ませてすすんだ。

地形にあかるくなければ、闇の底に沈んでいるような路《みち》を歩けるはずがない。

「馬におまかせになることです」

と、龍元《りようげん》は太子にいった。自分の目にたよろうとすると、恐怖にとらわれ、路をあやまる。馬のほうが路をよく知っているというのである。

「そうしよう」

太子はあたりをみないことにした。ひたすら歩いた。

一瞬、小さな火がみえた。火はすぐに消え、また灯《とも》り、また消えた。中山《ちゆうざん》の偵騎《ていき》の合図である。龍元が炬火を灯し、すばやく炎で円を描き、上から下にふりおろして、火を消した。

「中」

と、いう字を火で書いたのである。

太子は足をとめ偵騎の報告を待った。趙《ちよう》の後軍の宿営の位置を報せにくるはずである。しばらくすると、足音がきこえた。龍元がまえにすすみ、ことばをかわしはじめた。

「林のなかにいるのか。用心深いな」

龍元の声がきこえた。敵に急襲されても草木を楯《たて》として抗戦しやすい。林間に宿営するのはそういう理由である。林間では長柄《ながえ》の武器も弓矢も効力がうすい。

龍元がその兵をしたがえて太子に近づいてきたとき、天空が白くなりはじめた。報告をきくあいだに丘の稜線《りようせん》が太子の視界に浮かびあがった。

「龍元、枚をはずすようにいえ。全員、馬に乗るのだ」

「こころえました」

そうこたえた龍元の影がうごくたびに闇は地にもどってゆくようである。

この奇策は、ふたつの重点をもっている。

攻撃することと退却することとである。

奇襲が成功し、それにおぼれると、つぎの伏弩《ふくど》が活《い》きない。なにしろ趙と中山とでは兵力が隔絶している。武霊王《ぶれいおう》の父の粛侯《しゅくこう》が趙の君主であったとき、趙をおとずれた遊説家の蘇秦《そしん》が、

――趙の地は方《ほう》二千里、精兵は数十万、兵車は千乗、軍馬は一万匹あります。

と、いっている。

先代ですでにその兵力であれば、武霊王のときは増強されているはずであり、この遠征軍はどんなにすくなくみても二十万未満ということはないであろう。中山の兵力は、国土の広さをくらべてみればわかるように、四分の一以下である。趙軍が二十万であれば、中山軍は五万である。野天での決戦がいかに中山軍にとって無謀であるかわかるであろう。

太子が率いている騎兵の数は五千に達していない。万をこえねば軍とよべないので、その集団は軍団ではなく師団といったほうがよいかもしれない。その五千が趙の後軍

の三万以上の兵を襲うのである。すばやく攻撃してすばやく退かねば、かえって奇襲集団に被害がひろがる。

龍元は兵たちにそのことを念を押した。

「鉦《かね》の音がきこえたら、いかなる有利をみても、馬首を返せ。二千騎は寧葭《ねいか》にもどるが、あとは太子にしたがう。退路をすすむと旗がみえる。旗が黒であれば、その騎は寧葭をめざせ。赤にかわっていれば、つぎの赤い旗をめざして走り、そこから北上する」

あらかじめ寧葭にもどる兵をきめておくと、その兵が遅れた場合、邑は門を閉じているのでその兵を救えない。門をひらいて救おうとすれば、追撃してきた趙の騎兵になだれこまれてしまう危険がある。したがって退路の選択は攻撃後のことにしてある。

「すべての兵が騎乗いたしました」

龍元は眉《まゆ》をあげて太子に報告した。

「よし。貪欲《どんよく》な趙王に、天にかわって譴《とが》めをつかわそう。ゆくぞ」

そういった太子の貌《かお》が闇のはがれたあとの蒼《あお》さで浮きあがった。

中山の騎馬集団はおもむろに始動した。

趙の偵騎がその集団を前方に発見したとき、趙兵は目をさまし、朝食のためにからだをうごかしはじめたころであり、中山の騎兵が攻撃を開始する直前であった。

――もう、まにあわぬ。

ふたりの趙兵は馬を降り、とにかく燧《のろし》をあげた。

趙の後軍で哨戒《しょうかい》にあたっていた兵は、煙をみつけた。

「おい、あれは敵兵発見の合図だろう」

と、横に立っている兵にきいた。

「そうだ」

一瞬、目をみはった兵は、つぎに馬群のとどろきをきいた。

「敵だ。中山の騎兵が襲来したぞ」

ふたりの兵は大声を放ちながら、木を打って鳴らした。

中山兵は赤い甲《よろい》を好む者が多い。趙兵の甲は黒が多い。が、中山での戦いはおわったとおもっている趙兵は、甲をぬいで、それを枕《まくら》にしてねむっていたといってよく、武装にゆるみがある。そのゆるみを中山の騎兵がもののみごとに衝き、抉《えぐ》った。

林間が中山兵の甲の色で赤く染まった。

自信過剰は恐ろしい。このときの後軍の将は、武霊王の子の章《しょう》であり、まだ十代のなかばであったが、つらがまえだけはひとかどの武将のものであった。章は太子であり、次代の趙王は自分であると信じていたせいでもあろうか、なにごとにおいても父の勇ましさをまね、慎重さはまねなかった。

「強壮志驕《きょうそうしきょう》」

と、一言でいわれる性格をもっている。

強壮はともかく、志驕は、志《こころざし》は驕《おご》っているということであるから、けっしてほめことばではない。

おのれの強さを誇り、人をつねにあなどるというのが太子章の性癖であろう。この戦場においても、中山兵が邑《まち》や塞の外にでて戦おうとしないのをみて、

――はりあいのない相手よ。

と、嗤《わら》い、父の武霊王が馬首を西に転じたのを知ると、不満顔をかくさず、

「東垣《とうえん》に長城があるわけではない。北上すればよいではないか。こういってはなんだが、父上は慎重すぎる。中山兵のあなどりをうけるではないか」

と、佐将にいった。武霊王から、

「偵騎を四方に、いや八方にだせ」

と、厳命されているので、それは忠実におこなったものの、内心、

――趙軍が去って、ほっとしている中山兵に、奇襲や追撃の余力があろうか。

と、用心することの愚劣さを感じていた。この尊大な少年には、用心することは臆《おく》病《びょう》であることと同義語であった。

後軍の佐将には趙与《ちょうよ》や田不礼《でんふれい》などがいる。武霊王としては戦いかたにそつをみせぬ趙与と勇猛果敢な田不礼に太子の初陣《ういじん》を無難のうちにおわらせるように人選し、あえて太子を敵の矢のとどかぬ後軍においたのである。

趙与は太子章の発言にしばしば眉をひそめたが、田不礼は太子章と似た気分を濃厚にもっており、太子章が勇壮なことを口にすれば讃《たた》え、この策戦が慎重でありすぎることを指摘すれば、いちいちもっともというふうにうなずいてみせた。

中山軍が林間に突入してきたとき、その三将は目をさましたばかりであり、遠くでかすかな物音がするという程度の認識しかもたず、まさかすでに戦闘がおこなわれているとは想像もしなかった。太子章の近くにいたのは田不礼で、かれの耳も遠い物音をとらえていたが、太子章から問われてもしらべようとはせず、

「兵が朝食のことで争っているのでしょう」

と、臆測を述べたにすぎなかった。

趙与はそのふたりから、かなりはなれたところにいた。中軍寄りにいたので、なおさら物音はとどきにくかった。が、かれの配下の哨戒はたるみがなく、

「敵兵発見の煙がみえました」

という一報を趙与にとどけた。しかし用心深い趙与でさえ、すぐに兵に武装を命ずることをせず、

——数十騎の偵察隊を発見しただけではないのか。

と、想像を限定した。

自軍の兵の多さが、感覚のどこかをにぶらせている。

そのころ趙兵は中山の騎兵に追われて、林間を逃げまどっている。趙の後軍にとって不覚であったのは、奇襲を敢行した中山の騎兵の数をつかめなかったことである。

——中山の騎兵など、いくら多くても二万だ。

と、わかっていても、実際にその二万が攻撃しているのなら、後軍だけではささえきれないと恐怖した。なにしろ後軍は戦闘のかまえがまったくといってよいほどできていないのである。

趙兵のあっけない敗走をみた龍元は、

「太子、このまま突き進めば、後軍の将を討ち取れましょう」

と、喜笑し、戟《げき》で西をさした。

「おお、後軍の将は太子章か」

「そうです」

「太子どうしの戦いとは、おもしろい」

中山の太子がそういったとき、龍元の戟は一閃《せん》し、矛《ほこ》をむけてきた趙兵を撃ち斃《たお》した。実際、龍元のはたらきはめざましい。百人ほどの趙兵のかたまりのなかに馬を乗りいれ、するどく突きだされる矛や戟をまたたくまになぎ倒した。そこにだけ旋風が起こっているようであり、近づく者ははじきとばされ、拋《ほう》りあげられた。

趙兵はふみとどまることをあきらめ、灌木《かんぼく》を折り、叢莽《そうもう》を破って、逃げた。

逃走する兵はあらたな逃遁《とうとん》者をつくった。

太子章は事態を掌握しきれなくても、

「逃げるな。逃げる者は、斬《き》る」

と、剣をぬき、声を嗄《か》らして、邀撃《ようげき》を指示した。その甲《よろい》の袖《そで》を引いたのは田不礼である。

「太子、兵勢が悪い。ひとまず引かれよ。陣を立てるのはそれからです」

「わたしは逃げぬぞ」

目を瞋《いか》らせた太子を側近の者たちがかつぐように馬に乗せた。直後に中山兵が突入してきた。間一髪で太子章は発した。しかしながらこの敗戦が太子章の命運に大きな翳《かげ》を落とすことになる。

勝利の謀計

一

趙《ちょう》の武霊王《ぶれいおう》のもとに急報が到着したのは、中山《ちゅうざん》の騎兵による急襲によって崩れに崩れた後軍のなかにあって、佐将である趙与《ちょうよ》が配下をはげまし、鼓鼙《こへい》を鳴らして、陣のたてなおしをはかっているときであった。

「かっ」

と、天にむかって吼《ほ》えた武霊王は、敵の謀計のふくみの多さをおもい知った。

――ここまでできる者が中山にいるのか。

内心ではおどろき、中山を甘くみた自分を悔やんだが、色にはださず、すぐに右軍の将の趙紹《ちょうしょう》を呼んだ。

「うしろを中山の騎兵にかみつかれたらしい。征《い》って、野犬のごとき兵を追い払ってもらいたい」

武霊王がおだやかにいったので、さほどのこととおもわなかった趙紹は、敗報の内容をつぶさにたしかめてみると、後軍は大潰走《かいそう》をはじめており、右軍の大半をもって援《たす》けなければならぬことに気づいた。

「左軍も車騎も、王のおられる中軍から遠いところを先行している。中山軍はわが軍を分散させ、中軍を中山の主力が狙《ねら》っていることも考えられる。こころして中軍を衛《まも》れ」

趙紹は用心のために二万の兵を佐将にあずけて残し、後軍の救援にむかった。

そのころ、太子章《しょう》が本陣に逃げこんだ。

「軍をおきざりにして、独りで逃げてきたのか」

はじめて武霊王の顔色がかわった。

太子がぶじであったことを賀《いわ》おうとした近臣は、はっと口をつぐんだ。武霊王が怒気でふくらんだようにみえたからである。

「邯鄲《かんたん》へ送りかえせ」

すさまじい語気であった。

武霊王の近臣から、

「お従《とも》をつかまつります」

と、いわれた太子章は、当然父に会って申しひらきをすることができるとおもっていただけに、邯鄲への送還は心外であり、くやしくもあり、涙さえ浮かべた。

傷心の太子章が本陣を去ったころ、中山の騎兵の勢いはおとろえかけていた。趙与の反撃がはじまっていた。

偵騎が中山の太子へ急報をもたらした。

「趙の右軍がこちらにむかっているというのか」

「将は趙紹です」

「相手にとって不足はないな。楽毅《がつき》は趙紹をどう料理するのか、みものだ」

中山の騎兵は趙の後軍を潰乱させた。趙兵の死傷者がどれほどになったのかわからぬが、中山の快勝であることはうごかしがたい事実である。

「引くぞ」

太子は自軍の勝利に酔わなかった。

こういう点でこの太子は賢明であり、人臣のうえに立ち、国を治める器量をそなえているといえた。人のうえに立つ者がおのれに熱中すれば、したにいる者は冷《ひ》えるものなのである。太子はたぶんにそういうことがわかっており、みなで勝った、という熱気を配下の兵がうしなわないうちに、鉦《かね》を打った。

この退却はつぎの戦術を活《い》かすためにあるという認識も、太子は忘れていない。

――ゆるりと退く。

そういう退きかたをしなければならない。

鉦の音をきいた中山の騎兵は馬首を転じた。

「ようやく退くか」

陣をたてなおして中山の騎兵を独力で退かせた観のある趙与は、わずかに迷いをおぼえた。追撃すべきか、どうか、ということである。が、後軍の将である太子章は戦場から脱しており、武霊王の命令を待っていては、追撃の機を逸してしまう。

――このままでは、わが軍の負けになる。

戦陣における醜名《しゅうめい》を武霊王がもっとも嫌うことを畏怖《いふ》する感じで趙与はおもいだした。本陣へ報告にゆけば、

「なにゆえ、追わぬ」

と、一喝されそうである。

趙与も名誉を重んずる武将である。せっかく中山の騎兵を撃退したのに、武霊王の不興を買えば、ここでの武功が飛散してしまう。

――やはり、追撃するしかない。

意を決して、追撃の態勢をとったとき、趙招にひきいられた右軍が到着した。趙招は趙与に会うや、

「おお、よくぞもちこたえられた。あとは、おまかせあれ」

と、いったので、正直なところ趙与はほっとした。追撃は右軍にまかせ、負傷兵に目をむけることができる。

趙紹の視界に退いてゆく中山の騎兵がある。

――勝利に驕《おご》っている引き揚げかただ。

と、みえた。急追すれば、趙の後軍がこうむった不名誉を雪《すす》いでやることができる。趙紹は兵馬をいそがせた。中山の騎兵はようやく退却の足をはやめた。趙軍の追撃が急なので、中山の騎兵の大半は寧葭《ねいか》へむかわず、間道にはいった、という報告をうけた趙紹は、迷わず自軍を間道にいれた。

――霊寿《れいじゅ》のほうへ逃げるつもりだな。

と、すぐに察しがついたからである。霊寿の南には川がながれている。その川のほとりに追いつめて、中山の騎兵を全滅させてやろう、と趙紹は勝利の図を脳裡《のうり》に描いた。蒐《あつ》めた情報によると、中山の騎兵は五、六千である。追う趙軍は三万である。とくに中山の騎兵は早朝からの戦闘で疲れきっている。戦う余力はあるまい。

「追って、追って、押し潰《つぶ》せ」

趙紹はそれ以外のことを考えなかった。中山の騎兵の退却のしかたに一貫したものがなく、それぞれの兵がかってに引き揚げてゆくという感じなので、その後退が大きな戦術にむすびついているとは考えにくい。右軍の将にそうおもわせただけ中山の太子の指揮はみごとというべきであった。

中山の太子はふりかえった。

趙軍が迫っている。

目をあげると崖上《がいじょう》に楽毅が小さくみえた。

楽毅の父もいる。

ふたりは太子にむかって拝礼をした。

太子は手をあげ、破顔《けがん》した。するとふたつの影は消えた。

——東垣《とうえん》の兵をあたりに配してあるのか。

楽毅の父がここにいるということは、そういうことであった。太子は左右の崖をみた。兵が伏せているようにはおもわれない静かさである。ふたたびふりかえると、趙軍は矢のとどきそうな近さにいた。

太子の馬がみえないので龍元《りょうげん》が心配してひきかえしてきた。太子は目で笑い、

「逃げることが、愉《たの》しいとは、めずらしいことである」

そういった太子は、龍元と馬をならべて、崖下の路《みち》を風を切って走りはじめた。楽毅は父としめしあわせて、東垣の兵を移動させた。その数は一万二千である。同時に弩《ど》も移動させた。したがって、東垣の防備が厚みをうしなっている。趙の将のたれかがそれに気づき、東垣を攻めれば、東垣は陥落するであろう。

——が、それはない。

と、楽毅は予想している。

武霊王はふりかえることのきらいな人である。未来にしか目をむけない。東垣はすでに過去のものであり、来年、攻撃の目標にされるものである。楽毅はそう読んでいる。

趙の右軍の将の趙袑は勇気と慎重さをかねそなえた良将であるが、非凡な戦術眼をもっていない。つまり趙の武将のなかで武霊王にまさる軍略の才をもっている人は、ひとりもいない。したがって趙軍には武霊王を輔佐《ほさ》する軍師が不要なのである。武霊王の頭脳ひとつでうごかされる軍が趙軍なのである。

——王が非凡であることは、その国にとって、幸なのか不幸なのか。

胡服《こふく》騎射が実行されるまえに、趙紹もそれに反対したのであるが、武霊王に論破されている。軍事に関するだけではなく、行政も外交も、同様に武霊王の決定にしたがうだけであるというのが趙の群臣の実態であろう。それでは人材が育たない。武霊王が亡《な》くなったあとに、さらに趙が繁栄するのであれば、武霊王は偉大である。しかし武霊王はそこまで考えて臣下を育てていない。

——真の名君は、臣下に聴き、臣下を信じ、臣下をうやまう人である。

周《しゅう》の文王《ぶんのう》、武王《ぶおう》、斉《せい》の桓公《かんこう》、晋《しん》の文公《ぶんこう》、楚《そ》の荘王《そうおう》、魏《ぎ》の文侯《ぶんこう》、秦《しん》の穆公《ぼくこう》、孝公《こうこう》などすべてそうである。が、武霊王はちがう。後世、名君とよばれる人にはなれまい。

楽毅は眼下に盈《み》ちてきた趙軍をながめながら、そんなことを考えていた。

二

ここで趙《ちょう》の右軍が全滅しても、武霊王《ぶれいおう》は痛くも痒《かゆ》くもない顔で、来年中山《ちゅうざん》に大軍をむけてくるであろう。

それならあえて趙軍に戦いをいどむまでもないのか。襲来する軍を撃退することだけを考えていればよいのか。

楽毅《がっき》は首をふった。

武霊王の中山攻略はどう考えても天道に悖《もと》る。趙が大国であれば小国をいたわるというのが国際の情義のあるべき姿である。趙があきらかに非道をなしているのなら、中山はその非道を天に訴えるべく戦わねばならない。

——趙王に天譴《てんけん》をくだしてもらわねばならない。

中山の力では武霊王に死をさずけられないのであれば、天の力をかりるしかない。中山が戦いぬくことで、天をめざめさせ、この戦争の正否を判断してもらわねばならない。

——わしが死ねば、天帝に直訴するまでだ。

楽毅は号令した。

崖上から大樹が音をたてて趙兵の頭上に落ちた。つぎつぎに大樹が落ちてくる。

趙の兵馬は躁《さわ》ぎ、うろたえた。

「しまった。伏兵か」

趙招《ちょうしょう》は死地にはいったことをさとった。

大樹は右軍を分断するように落とされたことを知ったとたん、矢の雨が降ってきた。八千の弩《ど》から放たれた矢である。矢の豪雨といってよいであろう。

「楯《たて》をかまえよ」

その声がおわらぬうちに、兵と馬とがうそのようなもろさで仆《たお》れた。路の左右の高所からの矢である。方に楯をむけても背が空《あ》いており、またたくまに被害がひろがった。兵はかたまって矢をふせぐようになった。

「引け」

という声が趙招の口からでなかった。引けば死傷者がふえる。

趙軍の分断に成功した楽毅は千の騎兵をしたがえて、数百の数で孤立した趙兵めがけて、崖を降下して突撃した。

ほとんど同時に、楽毅の父も、ほかの隘路《あいろ》で停止し孤立している趙兵の小集団に、千の騎兵をぶつけた。

楽毅という将の超人的な勁《つよ》さが衆目にうつったのは、このときが最初であろう。かれの左右をかためる騎兵は疾風のようにはやく、立ちむかった趙兵は吹きとばされたといっても過言ではない。趙兵は武霊王の訓練をうけており、けっして弱兵ではないのだが、楽毅の指揮下にある中山兵の予想をうわまわる強壮さに、矢も矛も立たないという虚《むな》しさを知らされた。

またたくまに二、三百の趙兵が斃《たお》れ、残りの兵はこの戦場から脱出しようともがいた。大樹の下を這《は》いくぐる者、崖をよじのぼる者などさまざまであるが、逃げそこなった者は武器を捨て降伏した。

楽毅の父も健闘した。ほぼ同数の趙兵と激闘をくりかえすうちに、中山の兵気が相手を圧した。

そういう戦闘がおこなわれていることを趙招はわかっているのだが、援軍をだせない。うごけば矢の豪雨に襲われるのである。

——五千の兵は喪《うしな》ったか。

胸のなかはおのれの思慮の欠如を呪《のろ》う声でみちた。

「はやく日が落ちてくれ」

と、叫びたかった。

趙紹は知らなかったが、趙兵のなかには楯をならべて崖下の敵に矢をいっせいに放ち、崖をのぼろうとこころみた兵があちこちにいた。が、崖上から岩石や大樹を落とされ、ことごとく失敗していた。

やがて山懐《さんかい》に夕方の翳《かげ》が生じた。

趙紹は立った。

矢は降ってこなかった。中山兵はきれいに引き揚げていた。

――みごとに負けたな。

趙紹はめまいに襲われた。こういうみじめな敗戦はおぼえがない。中山兵といえばおのれの武勇をひけらかすだけで、駆け引きをしないものだとたかをくくっていた。が、中山に戦術があると痛感させられた。右軍をあずかる将として、ここは痛感しただけではすまぬであろう。武霊王に敗報をさしだし、死を乞《こ》うしかない。

「屍体《したい》を挽《ひ》いて、帰るぞ」

自分の底冷えした声に趙招はぞっとした。

敗報はすでに武霊王のもとにとどいている。敗戦の詳細を語ることになっても、

——申しひらきはみぐるしい。

と、自分にいいきかせ、趙招は武霊王の足下に伏拝した。武霊王の怒声がふってくるとおもっていた趙招は、あまりに武霊王が静かなので、予想以上に武霊王が怒っていると感じ、

「愚将に死を賜《たまわ》りたく存じます」

と、いい、剣をぬき、剣身を立ててそのうえに身を伏せようとした。

武霊王の鞭《むち》が飛び、剣身を倒した。

「招よ、今年の敗《ま》けがなかったら、明年、中山を攻めているわしは死ぬかもしれないと考えていた。先君がわしをいさめてくださったのだ。中山攻略を甘く考えていたわしが悪い。なんじが勝利を納めて帰ってきたら、こういう反省はできなかったであろう。死ぬにはおよばぬ。すべては先君の御霊《みたま》のおさしずによる」

趙招は地にひたいをつけた。

「明年のこともある。わしの問いに答えよ」

「はい」

趙紹は首をあげた。

「わが軍に奇襲をかけ、佯走《ようそう》して、伏兵を設けた者は、たれであるのか」

「中山の太子であるとおもわれます」

「中山の太子の生母は斉《せい》の公女であるときいた。斉の臣が中山にきて軍師になったということはきかぬか」

「中山は斉と断交しており、中山の王室は斉人をきらいぬいておりますので、そのようなことはないと存じます」

「だが……、あれは斉の戦法だ。あえていえば孫子《そんし》の兵法だ。孫臏《そんぴん》の弟子が、斉からではなく、魏《ぎ》や燕《えん》から中山にはいったかもしれぬとわしはおもっている。しらべておけ」

「うけたまわりました」

武霊王は腰をあげた。

趙軍はいちど自国にはいり輜重《しちょう》をととのえなおしてから西行し、黄河を越え、はるばる楡中《ゆちゅう》まで行った。楡中は林胡《りんこ》の本拠である。

林胡王は趙の大軍にさからうことなく、みずから本陣にでかけ、武霊王と会見し、馬を献じた。

――林胡は趙にしたがう。

という意志を表明したようなものである。

三胡のうち一胡をおさめた武霊王は、趙の分国というべき代《だい》の宰相の趙固《ちょうこ》に、

「なんじが胡を司《つかさど》れ。明年、中山を攻めるが、そのまえに胡兵を集めておけ」

と、命じた。

中山で痛撃をくらわされた武霊王は、中山の動きを封ずる必要があることを感じ、謀臣を諸王につかわした。楼緩《ろうかん》を秦《しん》に、仇液《きゅうえき》を韓《かん》に、王賁《おうほん》を楚《そ》に、富丁《ふうてい》を魏に、趙《ちょう》爵《しゃく》を斉に、というふうに派遣し、中山が各国に援助を乞うても、それに応じさせない手をうった。とくに趙爵には、

「宰相の薛公《せっこう》は数千人の食客《しょっかく》をもっている。変幻自在の男であるから、けっして目を

はなすな。わずかなことでも、いぶかしくおもったら、さぐりをいれ、逐一報告せよ」

と、くどくいった。

——斉だけが気にかかる。

というのが武霊王の本音である。

さらに武霊王は太子章《しょう》を呼び、

「明年、中山攻めの中軍になんじをおく」

と、いった。太子章は生きかえったような目をした。元帥《げんすい》は武霊王であろうか、軍の中核である中軍をまかされるということである。東宮にもどった太子章は、さっそく田不礼《でんふれい》を招き、

「父君はさほどお怒りではなかった。わしは明年中軍の将となる。なんとしても武功を樹《た》てねばならぬ」

と、眉《まゆ》をあげていった。

田不礼は太子章につづいて戦陣をはなれたが、多数の配下が主君の楯となって中山

の騎兵に斃された。かれとしても復讎《ふくしゅう》心は旺盛である。

「太子、明年は死んでも汚名を雪《すす》がねばなりません」

「知れたことよ」

太子章の口吻《こうふん》が熱をおびた。

本陣から邯鄲《かんたん》へ送還されたときは、廃嫡《はいちゃく》されるのではないかと不安に襲われ、うちしおれていた太子章である。かれには異腹《いふく》の弟がいる。公子何《か》といい、生母は孟姚《もうよう》とよばれる寵妃《ちょうひ》である。武霊王の孟姚にたいする溺愛《できあい》ぶりは尋常ではなく、はじめて孟姚を後宮にいれたとき、武霊王は三日三晩おのれの体軀《たいく》からその娃姣《あいこう》たるからだをはなさなかった。

武霊王には耽溺《たんでき》の性癖がある。

――それが怖い。

と、太子章は自分の生母が武霊王の愛幸をうしなっている事実が権力の推移にすくなからずかかわりがあることに気づいている。武霊王はいま愛している者しかみない人である。熱中しはじめたことは底の底までやりぬかなければ気のすまぬ人である。

孟姚の髄まで歓楽をもとめた武霊王の情念は、その子にまでおよぶであろう。公子何は五歳であるが、太子章にとって政敵にひとしい存在であった。

——いちどわきに置かれると、王の視界にもどることはむずかしい。

田不礼もそれは感じている。臣下より肉親のほうがよけいにむずかしい、とさえ感じている。太子章に同情している田不礼は、趙招が敗走してくれて、太子章をにがした処置が活《い》きたとおもい、ひそかに趙招に感謝した。

三

中山《ちゅうざん》の首都の霊寿《れいじゅ》は戦勝の報で沸き、戦勝の主役である太子の到着で沸いた。

霊寿に着くまえに楽毅《がつき》は太子のまえで、

「臣《わたし》にいささかの武功があったというおぼしめしは、太子の胸にとどめていただきたいのです。大功は太子にあり、それにつぐ者は臣の父ということに——」

と、乞うた。

「なんじの謀計によって勝ったことはあきらかである。今後の王の信頼と民の信望を考えれば、ここでそのことを公表したほうがよく、わしとしても賞をうけとってもらいたい」

「中山の民は謀計をこのみません。それに趙王はかならず偵諜《ていちょう》をいれてきます。しばらく名を伏せておいたほうがやりやすいのです」

明年はむずかしい戦いになると予想される。中山に玄謀《げんぼう》のあったことを知った武霊《ぶれい》王《おう》は、今年のような正直な兵の動かしかたをしないであろう。

霊寿に帰った楽毅はすぐに狐午《こご》の家へ行った。武装に厚みをくわえねばならない。周袖《しゅうしゅう》に連絡をとってもらうことのほかに、諸国の情勢を知ることもそこでは可能である。

いきなり狐午は、

「楽毅さまの用兵で大勝いたしましたな」

と、賀《が》を献じ、小さな酒宴をもうけてくれた。

「来年は壮絶な戦いになる。賀《いわ》ってもらっても、すなおに喜べぬ」

「趙王《ちょうおう》は用兵に自信があるかたですから、今年の失敗はくやしくてたまらぬでしょうな。来年は、今年の倍の兵力をむけてくるでしょう」

楽毅の予想もおなじである。

「武器が足りぬ。周袖にたのみたい」

「かしこまりました。さっそく手配いたします」

「周袖はいまどこにおるのか」

「魏《ぎ》でございましょう」

「魏で戦いがあるのか」

「ございます。秦《しん》が皮氏《ひし》を攻めております」

皮氏は黄河の東、汾水《ふんすい》の北にある邑《まち》である。

「すると秦の内乱はおさまったのか」

「ほぼ鎮静いたしました」

「趙王が秦へ送りこんだ公子稷《しょく》が王として立ったのはわかるが、その王を擁佑《ようゆう》したのはたれか」

「樗里子《ちょりし》と公子稷の母の一族でございます」

樗里子の名は楽毅も知っている。

公子稷はのちに昭襄王《しょうじょうおう》とよばれるが、昭襄王の兄が武王《ぶおう》で、武王と昭襄王の父が恵《けい》文王《ぶんおう》である。樗里子の本名は疾《しつ》で、かれは恵文王の弟である。兄弟のなかでかれの賢俊の名がもっとも高い。

――樗里子か……。

遠い名である。その秦の大臣が中山をどうおもっているかはかりようがない。わかることは昭襄王が中山を援《たす》けてはくれぬであろうということである。昭襄王は人質として燕《えん》に送られ、王室に異変がなければ、燕で朽ちてしまう運命の人であった。ところが兄の武王が急死したことで、秦国内で後継争いが生じ、そこに目をつけた武霊王が燕にいた昭襄王を秦へ送りこんだのである。それゆえ昭襄王は武霊王に恩義を感じ、趙の企図《きと》をさまたげるようなことはするはずがない。

――やはり中山が恃《たの》むのは斉しかない。

と、おもう楽毅は、薛公《せっこう》の消息を狐午にきいた。

「静かでございますな。おもてむきは、でございますが」

「はは、おもしろいことをいう。薛公は陰謀家ではない。それとも、なにかをたくらんでいるのか」

「いえ、そういうことではなく、秦や楚《そ》にいためつけられた国は、みな薛公にひそかに救いを求めようとしているということです」

「わが国もそうしたいところだ」

楽毅の真情である。

「まだ推測にすぎませんが、韓《かん》は秦に宜陽《ぎよう》という大きな邑をとられてから、秦に頭をさげておりますが、こっそり斉とむすぼうとしております」

「それがいい。韓はかしこい。薛公は他国の領土をかすめとるようなうすぎたないまねはせぬ。約束も破ったことはない。信義のかたまりのような人だ。人心はみな薛公を慕い寄ってゆく。なにゆえ趙や秦や楚の王は、そういうことがわからぬのであろう」

「一言でいえば、大国の驕《おご》りですな。驕る者は人が小さくみえるようになる。同時に、足もとがみえなくなったことに気づかない」

「薛公は斉《せい》という大国の宰相でありながら、なにゆえ驕らぬ」

「あのかたは魏の執政をみごとにおつとめになっておられる。斉でもまたしかり。常人の情理とはちがうものをお持ちなのでしょうな」

「当然そうだ。それはわかっているのだが……」

楽毅はあらためて薛公のふしぎさを感じる。自分がなした仕事が卓犖《たくらく》としていれば、どうしても自分を誇る気持ちが生じる。楽毅自身にもそれはある。だが薛公からは顕栄《けんえい》のいやらしさは感じられない。

——学生にすぎぬわしにも会ってくれた。

楽毅にはその事実が心中で重くひびいている。たしかに薛公はみごとに生きている。信義などというものを枯葉のごとくふるい落とす戦乱の世に、信義を立てて生きている薛公は奇蹟《きせき》の人といってよいであろう。

国家を立てるか、君主を立てるか、自分を立てるか、民を立てるか、そうした四者択一を考えてみれば、薛公は自分を立てているにすぎないであろう。が、そのことにより、ほかの三者も立っているのである。そうしたたやすさに薛公がいることにおどろかねばならぬ。どの国の臣も、その四者択一で悩み苦しむはずなのである。楽毅とて、そうである。薛公のようにありたいとおもっても、そうはいかない。自分だけのことを考えていては、中山は滅び、王や太子は死に、中山の国民は趙に隷属《れいぞく》させられてしまう。それでよいはずがない。

——こういう運命だ。

と、考えぬでもない。薛公は大国の斉の宰相の子として生まれ、自分は小国の中山の宰相の子として生まれた。にているようであるが、ふたりの境遇はずいぶんらがう。薛公のほうがめぐまれているということではない。

——むしろわしのほうがめぐまれている。

薛公は父に保庇《ほひ》されつづけた人ではない。むしろ父とはらがう道を独りで歩きつづけた。それにひきかえ楽毅は父にきらわれることなく育ち、嫡子となるについても、家中にまったく波風が立たなかった。

——それがわしの器量をせまくしている。

そう気づいて臨淄《りんし》へ留学したのは、いまとなって、われながら英断だとおもわれる。信じられぬほど多くの人々がそれぞれの考えをいだいて生活をしているということを膚《はだ》で知ったことだけでも、どれほど有益であったことか。物とことばの氾濫《はんらん》のなかに立たされつづけているうちに、信念の尊さを知るようになった。そうでなければ自己をうしなってしまうようなところなのである。

その信念とはなにか、と問われれば、

「仁義《じんぎ》」

と、こたえるしかない。自分の近いところにおよぼす愛が仁であれば、遠いところにおよぼす愛が義である。そのふたつのどちらがなくても人として成り立たないといったのは孟子《もうし》であるが、楽毅は儒家の門をくぐらなくても、薛公に会ったあと、仁義ということばが胸中で鳴った。薛公のように、かれが動かなくても、人のほうがかれに寄ってゆくのは、つみあげられてゆるぎのない仁義がみえるからである。

「そうか、仁義が薛公を驕らせぬ」

と、楽毅は自分をふりかえりながらいった。

「あなたさまは薛公にあこがれておられますか」

「多分に——」

「薛公の食客《しょっかく》は数千人だそうです。中山では考えられませぬな」

「中山には人が寄らぬ。趙は中山ほどひどくはないが、利害を説く者しか集まらぬのが、ものたりぬ」

「利害を説かず、何を説くのです」

「たとえば臨淄には、道家《どうか》がある。かれらは無為《むい》を説く」

「なにもしないということですか」

「まあ、そうだ。為《な》さざるということは為すことにまさる」

「それは納得できませんな。売り買いを為さなければ、わたしなどは生きてゆけません」

「はは、ふつうではそうだ。が、道家はこういうであろう。商売は儲《もう》けるときばかりではない。売買《ばいばい》をしたばかりに大損をし、首を吊《つ》るようなことになる。なにもしなければ、長生きができたのにと」

「や、それは、ひどい」

「そうむきになってもらってはこまる。そういう学問もあるということだ」

「とんでもない学問です」

狐午は口をとがらせた。

「だがな、狐午どの、道家のいうことにも真理はある。為した趙王は為さざる薛公にまさるであろうか」

「はあ……、さて」

道家の説のなかにある退嬰《たいえい》をきらってばかりはいられない。薛公が静かであるといった感想には、なにもしないことへの多少の賛美がふくまれている。狐午は妙な気分になった。かれは寝ても醒《さ》めても利害のことを考えてきた男なのである。なにもしないことが利につながるという発想をしたことがない。しかし世のなかには玄理《げんり》というものがあることを、ぼんやり感じて、自分にとまどった。

「狐午どの、しょせんわしは薛公にはなれぬ。が、薛公のようになりたいとおもっている」

「仁義ですか」

「ふむ、かたちにとらわれた学問だけの仁義ではだめだ」

楽毅はむしろ自分にいいきかせている。

この夜、楽毅は狐祥《こしよう》のことを一言もたずねずに帰宅した。

——わしの気のまわしすぎであったか。

楽毅の執心が狐祥にないとわかったような気がして、狐午はひとりで苦笑した。

周袖の荷がとどいたのは晩秋である。

その荷を宰領したのは周袖ではなく配下の弘洩《こうせつ》という者である。

年が明ければ、趙の大攻勢がある。

四方の敵

趙霊王
彗星

一

年があけるといきなり軍旅《ぐんりょ》をもよおすことをしてきた趙《ちょう》の武霊王《ぶれいおう》であるが、この年だけは、正月中に腰をあげなかった。

――去年、中山《ちゅうざん》で策戦をたてたのはたれであるのか。

それをみきわめてからでないとうかつには兵馬をすすめられないというおもいが武霊王にはある。中山軍の内情を趙招《ちょうしょう》にさぐらせ、すでにその報告をうけとっている。

「策戦は太子と楽氏《がくし》との共議によって生まれたと考えられます」

そういう報告である。

――楽氏か。

いまの中山の宰相は魏《ぎ》の文侯《ぶんこう》のときに将軍となって中山を攻め取った楽羊《がくよう》の裔孫《えいそん》であることはわかっている。楽羊といえば、

――自分の子の羹《あつもの》を啜《すす》った将軍だ。

と、武霊王の脳裡《のうり》に中山と魏の故事がよぎった。魏軍に攻められた中山君は楽羊の子を捕らえ、鼎《かなえ》で烹《に》て、敵将である楽羊に遣《おく》った。それを楽羊は平然と飲みつくした。よく知られた故事ではあるが、武霊王はあらたな情趣《じょうしゅ》でその故事をとらえなおした。その故事がおしえてくれる楽羊の像は、非情の猛将、であり、主命《しゅめい》をまっすぐにはたそうとする力戦《りょくせん》の人、である。よくいえば忠義にかたまっている。そうした精神のありかたが、戦法にそのままあらわれた人ではないのか。悪くいえば思考も戦術も硬直している。楽羊の中山攻めは力で圧《お》しきった観があり、その圧勝のしたに、迂回《うかい》や後退の形跡がない。徹頭徹尾、直押《ひた》しをしたのである。父祖の武勲を誇る子孫は、当然のことながら、武門の余沢のなかにいて、父祖の戦いかたを至上のものとしてくりかえし一門の者に語り、家督《かとく》をつぐべき者にはくどいほど父祖の遺徳をおしえこんだで

あろう。そこをふまえて昨年の戦陣をふりかえると、楽氏が策戦を立てた中心人物であるといわれても、

「なるほど、そうであろう」

と、素直に首をたてにふることができない。

まず異様であるのは、中山にははじめに大略があったということである。武霊王の性情と趙軍のうごきを読みきったあとでしか成り立たない大略である。中山に兵は多くいないのであるから、予想が狂えば、兵の移動や武器の補充に円滑を欠き、はかばかしい戦果は得られまい。が、結果は、中山の大勝である。

——わしは相手の読みどおりにうごいたことになる。

武霊王はそのことを認めざるをえない。

中山軍は奇襲を成功させるために国境のあたりにみせかけの兵を配し、さらにおどろくべきことに、奇襲を成功させて退却するという行為に戦術的な意味をもたせ、つぎの奇襲のための誘引にした。つまり誘騎を放ち、誘兵を進退させたという複成の謀計が存在したことはあきらかなのである。

——そこが解《げ》せぬ。

楽氏の発想とはとうていおもえない。それでは中山の太子が、戦略の巨《きょ》から戦術の細《さい》まで、立案し指揮したのか。中山の太子は燕《えん》で人質としてすごしたことがあったから、不自由ということを骨身で知ったかもしれない。知恵というものは、おのれの意のままにならぬ現状をはげしく認識して生ずるものなのである。それゆえ中山の太子は人質生活の苦しさによって思慮深さを自分のものにしたかもしれない。さらに人情の機微を察することも他国で学んだかもしれない。人と物事を観照した目は、たしかに戦場でも活《い》きる。

——だが……。

武霊王は目をすえて虚空《こくう》をにらんだ。

中山の太子はみずから誘兵のひとりになったという事実を忘れてはなるまい。策戦を立てた者は、戦局を知ってつぎつぎに手をうってゆく立場にあるかぎり、敵兵に自分の姿をさらすものではないし、右往左往して自分の所在をいそがしくうごかすものではない。その観点から中山の太子をみれば、うごきすぎなのである。

——中山の太子が天才であれば、話はべつだ。

武霊王は熟考したすえに、そうおもった。趙招はほかに謀臣の名を挙《あ》げない。中山王の近くにいる者のなかに非凡とよべる者はいないということである。

この慎重な王は腰をあげようとした。趙招があつめてきた情報が十全でないにせよ、それ以上の質と量をそなえた情報を得られないような気がした。楽氏と中山の太子のどちらから策戦がでたのかわからないものの、そのふたりから目をはなさなければ、つぎの戦いで大けがをすることはあるまい。そう自分にいいきかせて、出師《すいし》を告げようとした。実際、太子章《しょう》には、

「まもなく軍をだす」

と、いった。太子章の顔面に喜色がひろがった。感情がなまなましくあらわれたその顔をみた武霊王は、ふといやな気がした。素直に勇み立つのは悪いことではないが、自分のどこかに暗さと重さをひきずっている感情にくらべると、太子章のそれは単純すぎるし軽すぎる。

——いつの日にか、大国の主になる者が、これでよいのか。

と、武霊王は父として子をみたというより、いまの王としてつぎの王をみた。不安もあれば不快もある。

そういう感覚がどこから生じているのか、さぐるまでもなくわかっている。武霊王自身の不安と不快を太子章に映してみたともいえる。武霊王はそのことに気づき、軍をだすことを大臣たちには告げず、李疵《りし》という臣をひそかに招き、

「中山王を視《み》てくるように」

と、命じた。よくよく考えてみると、いまの中山王についての情報がすくなすぎる。楽氏や太子に注目するあまり、肝心な中山王への意識がおろそかになっている。いかなる王であるのか、確認してから出師してもおそくない、と武霊王はふたたび腰を落ち着けたのである。

まさかすべての謀計が中山王の頭脳からでているとはおもわれぬが、中山をわかりにくくさせているものを、ひとつでも多く解明しておきたいというのが武霊王の出師まえの心情であった。

晩春になって李疵が帰ってきた。

夜空に彗星《すいせい》がみえる。

――兵乱がある。

彗星はそう予言している。その兵乱とは、趙が中山を攻めることのみと理解してよいのか。武霊王は夜空をにらんでから李疵を引見した。

「中山をお伐《う》ちになるべきです」

まず李疵は私見を述べた。武霊王はだまっている。

「君がお攻めにならなければ、おそらく天下の諸侯におくれをとりましょう」

「中山王を視てきたか」

「はい。中山の君は、車をせまい路にいれ、巷《ちまた》に住んでいる士に挨拶《あいさつ》にゆきます。そういう士が住んでいる家は七十家あります」

「賢君ではないか。伐つべきではあるまい」

武霊王はあえてそういってみた。

「そうではありません。士をとりたてれば、民は名誉ばかりを求めて、本業を忘れます。賢人に挨拶にゆけば、地をたがやす者はおこたるようになり、戦士は懦弱《だじゃく》になります。そのようにして亡《ほろ》びなかった者は、かつてあったためしがないのです」

李疵はかるがるしく王ということばをつかわなかった。武霊王はかねがね王の名号について、

――その実《じつ》なし。あえてその名に処《お》らんや。

と、いっている。実績もないのに王号を称《とな》えてよかろうか、ということである。王号を称えるには、天命がくだるような大業をなさねばならない。自分はまだそれほどの事業を成功させていない。それゆえ、臣下に王とよばせず、君とよばせている。が、ほとんどの臣下は武霊王を君とよばず王とよんでいる。ここにきて武霊王はそれをとがめなくなった。

李疵は以前の武霊王のいいつけを守っていて、君ということばをつかった。趙王が君であるかぎり、趙よりはるかに小さな国の君主を王とよぶわけにはいかないというのが李疵の感情であろう。かれにとって中山王は中山君なのである。

武霊王は李疵をさがらせたあと、ひとりで考えた。

――中山王は賢人をみずから求めている。

それを李疵は亡国の行為だときめつけた。上古、商《しょう》の湯王《とうおう》は有莘《ゆうしん》の野《や》に伊尹《いいん》を求め、周《しゅう》の文王《ぶんのう》は渭水《いすい》の北岸で太公望《たいこうぼう》に遇《あ》った。そのふたりの聖王はみずから賢人を発見したのである。中山王がおこなっていることは、それとおなじではないのか。賢人を求めることは、亡国どころか興国の行為である。

——李疵はなにを視てきたのか。

武霊王はさらに考えを深めた。中山王の行為はどう考えてもすぐれている。武霊王自身、すぐれた士や賢人を求めて、巷《ちまた》に馬車をすすめたことはない。だが李疵の目には中山王は名を求めて本を忘れているとうつったのではないか。士や賢人に礼をつくす王であるという評判を喜び、それだけに終始し、実際にかれらを重用せず、かれらの意見を国政に反映させず、国をささえている民のことを忘れている。そうであれば、中山王はまさに愚劣である。偽善者といってもよい。

——李疵の目を信じよう。

うわべの善でみずからを飾ろうとする中山王のために、喜んでいのちを捨てる民はいないであろう。そういう王の頭から大略が産みだされるともおもえない。

「やはり民の心をつかんでいるのは、太子と楽氏か」

武霊王はようやく迷いから脱したおもいで腰をあげた。

二

武霊王《ぶれいおう》は北方の代《だい》へ使いを遣《や》った。

「代と胡《こ》の兵を翕《あ》わせて中山《ちゅうざん》を北から攻めよ」

代の南方に恒山《こうざん》があり、そこに華陽《かよう》の塞がある。中山の北辺の塞であるが、代と胡の連合軍はその塞を落とし、南下して、丹丘《たんきゅう》の塞も落とし、曲陽《きょくよう》にむかうべし、というのが武霊王の命令の内容である。

この年の武霊王の攻略は中山一国にしぼられている。

南北から攻める、というのが中山攻略の基本構想である。

たとえ中山の臣で兵法を駆使する者がいても、圧倒的多数の趙兵でその戦術を封じてしまえばよい。腹背《ふくはい》に敵をうけたかたちの中山はどうするか。

武霊王はどこまでも慎重である。

趙与《ちょうよ》を招いた。

「わしは南から北上する。なんじは迂回して、井陘《せいけい》の塞を取れ」

西へまわれ、ということである。中山のわき腹をえぐれ、ということでもある。南北にくわえて西にも攻め口をもうけ、東はあけておく。中山の東は燕《えん》と趙《ちょう》の国であるが、中山の東は黄河であるといったほうがわかりやすい。

――中山攻略としては、これで万全であろう。

武霊王は太子章《しょう》に、

「まえにもいったように中軍をなんじにまかせるが、わしの指揮にしたがい、みだりに動いてはならぬ」

と、感情の色を消していった。

太子章はわずかに不満の色をあらわした。田不礼《でんふれい》に会った太子章は、

「父君はわしに動くなと仰《おお》せになったが、動かねば昨年の汚名を雪《すす》ぐことはできぬ。趙与は別動の軍を率いて井陘の塞を攻撃するらしい。趙与に名誉挽回《ばんかい》の機会があたえ

られ、わしにはその機会があたえられぬ。わしはそれほど父君に憎まれているのか」

と、吼《ほ》えるようにいった。

「太子、お声が高い」

田不礼は太子章の感情の騰沸《とうふつ》を掣《せい》すような目つきをした。武霊王への不満は、武霊王への非難として、王の耳へつたわりかねない。とくに公子何《か》の近臣どもは太子章に過失があれば、よろこんで武霊王に言上するであろう。そういうつみかさねが廃嫡《はいちゃく》という大事に発展してもらっては、太子に同情し、太子の補佐としての権家《けんか》の拡大を未来に画《か》いている田不礼としては、大いにこまるのである。

「太子が王に憎まれておられるなら、中軍の将に任命されることはありません。中軍は全軍の中核です。戦場におけるそのありかたが、全軍にかかわるのです。王が動くなと仰せになれば、微動だにしてはなりません」

「それが我慢ならぬ」

「太子は王になられるかたです。戦陣でも朝廷でも、王は動かざる唯一人《ゆいいつにん》です。太子がそれにふさわしいかふさわしくないか、このたび王はみきわめようとなさり、太子に中軍をおまかせになったのです」

「わしは長子《ちょうし》だぞ。わが母は韓《かん》の公女であり、公子何の生母のような身分の卑《いや》しさはない。長子が太子となり次代の王となるのは当然ではないか。そのわしが父君の目に畏縮《いしゅく》していることあっては、諸侯にも自国の民にもあなどられよう」

　太子章は自我が強い。

　だが、いまその自我を発揮すればするほど、太子章には不利にはたらくことを、田不礼は太子章に認識させなければならない。

「太子に苦《にが》い言を呈さねばなりません。そのひとつは、長子と末子《まっし》とでは、どちらが王として在位期間が長いかということです」

「そんなことは、たれがわかろうか。長子が八十歳まで生き、末子は二十歳で死ぬかもしれぬ。長子が五十歳で即位しても、在位は三十年あり、末子が二十歳で即位しても、その日に死ぬかもしれぬ」

「常識を申し上げたのです」

「ふん」

太子章は気にいらぬといいたげに横をむいた。

「上古、周《しゅう》の大王（古《こ》公亶父《こうたんぽ》）は長子の太伯《たいはく》にあとをつがすことを好まず、けっきょく王季《おうき》（季歴《きれき》）が立ちました。王季は末子といってよく、それでも周の国民は反対せず、群臣も王季の威徳に服し、周はさらに興隆しました。そういう例がほかにもあるかぎり、長子が王位に即《つ》くのは当然とはいえません。国に威勢がそなわり、富庶《ふしょ》を得られれば、ときの王はそういう国威を長びかせるため、末子を後継者にえらび直すことをしたがる。太子よ、どうかご自重なさいませ」

武霊王の意向に従順であれば、おのずと太子章に王位はあたえられるのである。個人の勇気をしめすことは、王位への道の障害になるばかりである。

「おとなしくせよと申すか」

「御意《ぎょい》――」

「だがな不礼よ。晋《しん》の献公《けんこう》の長子であった申生《しんせい》は孝道の模範になるほど父につくしたのに、廃嫡された。すべては天命よ。王位に即くのは父君の意志によるというより、天意による。天にもおのれにも愧《は》じぬ生きかたをするばかりだ」

太子章は毅然《きぜん》としていった。

——太子のいう通りであろう。

長子を国家の後継者にするのは中華の思想である。趙の先祖は中華の外にいた民族である。その民族が中華の思想を順奉するようになってひさしいが、武霊王が敢行した胡服《こふく》騎射は、中華との別離の象徴といえなくない。しかしながら太子章は、中華の中心にある韓《かん》の公室の血をうけついでおり、王は人によってえらばれるものではなく、天によってその位をさずけられると信じていてもふしぎではない。

だが、その信念は、いまの趙にあっては孤独であり危険でもある、と田不礼は愁《うれ》えをおぼえた。

趙軍は中山攻略のために出発した。

楽毅《がつき》は趙に偵諜《ていちょう》をいれていた。

かれらがもたらす報《しら》せをきくまえに、

「趙軍は三方からわが国に攻めこんできましょう」

と、太子に予想を述べた。昨年、武霊王は東垣《とうえん》を落とせなかったので北上できなかった。今年はぜがひでも東垣を攻め取るつもりであろう。東垣から北上すれば、いまの首都の霊寿《れいじゅ》と旧都の顧《こ》との交通を遮断《しゃだん》することができる。つまり中山を両断することで、国家の機能を不随においこめる。

「それほど東垣が重要であれば、わしが守ろう」

と、太子はいった。

しかしながら中山王のもとに急報がはいったことで、太子は北辺の塞の救援にむかわされた。趙希《ちょうき》が率いる胡軍と代軍とに華陽の塞が攻撃されている。

「太子を北辺に――」

楽毅は声をうしなった。もしも霊寿が陥落し、中山王が死ねば、太子が間髪をいれず即位しなければならない。つぎの王が北辺で戦っていては、国防の中心がさだまらない。

「毅よ、東垣はわしが死守する。なんじは井陘の塞を守りぬけ」

楽毅の父はしずかにいった。死守するというのは、ことばのうえだけの決意ではないであろう。東垣が落ちれば父は死ぬ、と楽毅ははげしく感じた。

「父上……」

これが最後の対話になるかもしれないと予感している楽毅は、あえて冷静な声をだした。父の目になにかがながれてゆくようである。

これから死と直面しなければならないという恐怖ではなく、楽毅にはわからない父の過去がある明るさをたもって胸裡《のうり》にながれているようであり、それが目に映ってくるようである。父は目のまえの楽毅をみながら幼少のころの楽毅をみている。

「父上、ひとつだけ、おたずねします」

「む……」

楽毅の父は視界から過去の風景が消えたような目つきをした。

「父上は王に降伏をお勧《すす》めになったことはありませんか。また、王が趙に降伏すると仰せになったことはありませんか」

「ない。いちどもない」

りきむことなく父はいった。

「そうですか。中山は、王も宰相も降伏するより死を望み、群臣はその意向に異をとなえず、独力で大国の侵略をしりぞけようとする」

「毅よ。なにがいいたい」

「信じられぬ、と申すほかありません」

信じられぬほど立派であるといいたいところであるが、信じられぬほど愚劣であると楽毅はいいたい。昨年、趙に大勝した時点で、中山は外交において活路をさぐるべきであったのに、それをせず、戦勝を祝賀するばかりで、自国の強さを信じ、趙をあなどった。

騎馬を山谷《さんこく》にかくし、趙をなやますべきであるという楽毅の意見は、父の口から廟議《びょうぎ》で述べられたであろうに、採納されず、騎馬はたんに援軍としてつかわれた。楽毅は太子ときりはなされた。

「太子を戦勝将軍にさせ、国民の声望を太子に依《よ》せたのは楽毅かもしれません。あの者を太子に近づけてはなりません」

と、中山王にささやいた者がいたのかもしれない。楽毅が井陘の塞の守備にまわされたのは、王の側近の悪意によるのではないか。

「わが国が趙に大敗し、あわてて趙との和を講ずるのでは、おそいと存じます。父上、いまは北辺だけで戦争がおこなわれています。ここで王のご再考を訴願することはできませぬか」

「毅よ、天意にはさからえぬ。ここでわが王が趙王に和をもちかけても、趙王がゆるすであろうか。中山のゆくすえは天意にある。あとのことは、なんじにまかせた。さらばだ」

父は兵車に乗った。

楽毅は馬に乗った。その兵車と馬は併走したが、やがてわかれた。

父と子の永遠のわかれであった。

三

井陘の塞にはいった楽毅《がっき》は多くの偵騎《ていき》を放った。

趙《ちょう》軍の主力が北上して、鄗《こう》を攻撃中であることを知った。中山《ちゅうざん》の南北で戦闘がおこなわれている。

「鄗を攻めているのは趙昭《ちょうしょう》に率いられた趙の右軍で、左軍と中軍は封龍《ほうりょう》にむかっています」

楽毅は趙軍の猛攻にそなえて複壁をつくらせているあいだに、その報告がはいった。

趙軍は進路にあたる邑《まち》をひとつひとつ抜いてゆくつもりらしい。封龍の北に石邑《せきゆう》があり、それを取って趙軍は東垣《とうえん》に攻めかかるのであろう。封龍と石邑はさほどはなれておらず、攻める側としては封龍と石邑の二邑をひとまとめに考えておかねばならず、攻めにくい。

「車騎《しゃき》はどうした」

昨年、車騎を率いていたのは牛翦《ぎゅうせん》である。機動部隊というべき車騎の所在がわからないのが楽毅にとって不安である。ほかの不安は、北方での戦況がまったくわからないことである。

——太子はどうなさったか。

龍元《りょうげん》がついているかぎりよもや戦死することはあるまい、と自分にいいきかせるほかない。太子の子の尚《しょう》は霊寿《れいじゅ》にのこっている。もしも太子が戦場で消えれば、尚は中山王の側近の手で暗殺されるであろう。

「わしが死んだら、尚のことはたのむ」

と、つねづね太子にいわれている楽毅は、霊寿を出発するまえに太子の傅《ふ》の伯老《はくろう》に会い、

「太子に万一のことがありましたら、御子を東宮にも霊寿にもとどめず、わたしのもとにおはこびください」

と、いった。伯老はうなずき、

「それから、どうなさる」

と、きいた。

「伯老どのとわたしで御子を擁《いだ》いて、斉《せい》へ亡命する所存です」

「よかろう」

伯老は微笑した。

「ここだけの話ですが、亡命に手をかしてくれる周袖《しゅうしゅう》という商人の配下が、人知れず

中山を徘徊《はいかい》しているようにおもわれます。もっと考えれば、その配下というのは、商人ではなく、薛公《せつこう》の内意をうけた食客たちでしょう」

「孟嘗君《もうしょうくん》か……。中山を陰《かげ》で助けてくれようとしている唯一人《ゆいいつにん》だな。その手にすがろうとしない中山は、国号を愚山《ぐざん》とかえたほうがよい」

「同意です」

そういって楽毅は伯老とわかれた。その後の尚と伯老のこともわからない。

数日後に封竜が趙軍の攻撃にさらされているという報せがはいった。ほぼ同時に、

「別動の軍が山間にあり」

という報告をうけた。趙の一軍が山岳地帯に侵入をはじめたらしい。

「車騎ではないな」

「くわしいことはわかりませんが、軍の動きはゆるやかでした」

車騎であれば、移動は速いはずである。武霊王は戦陣における奇襲にそなえて車騎の所在をかくしつづけるはずである。偵騎にたやすく発見された軍は、車騎ではなく、城攻め用の装甲車や雲梯《うんてい》などをともなっているにちがいない。

――すると、その軍は、この井陘の塞を破壊するつもりであろう。

予想はおのずとそこに落ち着く。やがて、別動の軍を率いているのが趙与《ちょうよ》であることがわかった。

――ほう、趙与か。

楽毅は苦笑した。昨年、中山の騎兵にさんざんな目にあわされた将が、奇襲の立案者である楽毅に挑戦してくる。趙与は自分に苦杯をなめさせた者が、中山の太子のうしろにいた楽毅であるとは知らず、その楽毅が井陘の塞を守っていることも知らないであろう。しかしながら武神はこのふたりを戦場で会わせようとしている。

「奇襲をかけましょう」

と、丹冬《たんとう》がいった。山間で緩慢な進行しかみせていない趙与の軍を襲う策はいくらでもありそうである。楽毅とてそれを考えぬではない。

「丹冬、趙与は去年の痛恨事をもう忘れているような愚将か」

「さあ、それは……」

「去年、趙王は趙与に太子章《しょう》を補佐させていた。趙の後軍にあって、ふみとどまってわが軍を撃退しようとしたのは趙与だぞ」

「たしかに――」

「趙王は用心深い。当然、趙与も用心しつつ軍をすすめている。わしが五百の騎兵を率いて趙与の軍を襲えば、趙与は、したり、と応戦し、こちらは気がついてみれば、退路を牛翦《ぎゅうせん》の車騎にふさがれているという光景はどうだ」

「ぞっとします」

「ここは、なんじと超写《ちょうしゃ》が、少人数を率いて、趙与の軍の進路を木や石でふさぐだけでよい。趙軍に近寄るな。近寄れば罠《わな》にはまる」

「わかりました」

丹冬と超写はわずかな数の騎兵とともに塞をでた。かれらがもどってくるあいだに楽毅は、水源をみまわった。

――水を涸《か》らさなければ、塞を守りぬける。

と、確信している。

水は、井戸の水、川の水、天の水があり、井陘の塞ではそのいずれも入手できる。

兵がのむ水をうしなってはならないが、そのまえに趙軍がおこなうであろう火攻《かこう》にそなえなければならない。おそらく火車《かしゃ》を門扉《もんぴ》にむけてくる。その火を消すための水がいる。門扉に鉄板をかぶせてあっても、塞内に突入してくる火車をふせぐことも考慮のうちにいれておかねばならない。

楽毅は水槽をふやした。ほかに、

――雲梯《うんてい》をどうふせぐか。

その工夫もおこなった。

三日後に丹冬などが帰ってきた。

「やはり趙の別動の軍はこちらにむかっています」

と、丹冬は報告した。語気に緊張感がみなぎっている。

「一日でも二日でも、敵の行軍をおくらせることができたら、なんじたちに功がある」

塞内の兵に防衛のしかたを徹底させるには時がたりない。戦闘開始がおくれれば、それだけこちらの防衛にすきがなくなる。

「二日は、おくらせることができたとおもいます」

丹冬は胸を張った。楽毅は笑った。

「そうか。では、褒めておこう」

「かたじけなく存じます」

「ことばで賞すだけではない。今年の戦いをうまくきりぬけて霊寿に帰還したら、父上に言上し、なんじと超写を、臣僕をもてる身分にしてやろう」

「まことですか」

丹冬は目を見張った。

「わしが妄《うそ》をいうか」

「恐れいりました」

丹冬ははずむようにしりぞいた。さっそく超写にそのことを明るい声で話したであろう。昨年、楽毅は大功を樹《た》てたにもかかわらず、賞を辞退したので、楽毅の臣下も褒美にさわることができなかった。今年もそれでは、かれらの意気が沈んでしまう、と楽毅はおもっている。

楽毅は塞内の兵を集め、特殊な矛《ほこ》で雲梯の先端をうけ、はねかえす訓練をおこない、さらに、火矢のつかいかたや、塞内にある火車の走らせかたなどをおしえた。雲梯をふせぐには、雲梯そのものをこわすか焼いてしまうのがよい。高い壁をこえるには、はしご車というべき雲梯のほかに、高層移動車のようなものがあり、木製ではあるが革がはられていて、なかには多数の兵がこもることができる。それとの対戦も楽毅は考慮にいれ、兵を鍛えた。戦いかたをきびしくおしえられた兵は、よけいな勇気をふるって死へ先走ることがない。とくに城や塞を守る兵は、自制心が必要であり、活気のなかにつねに冷静さを保っていなければならない。

複壁は完成した。が、趙与の軍はあらわれない。

——丹冬と超写は、よほど巧妙に趙軍の進路を削損《さくそん》したようだ。

趙の別動の軍がすすむ速度がかなりにぶったようである。楽毅は胸のなかで日をかぞえている。今日には趙与の軍がみえるのではないか、と心をひきしめていた。しかし、みえたのは、偵騎であった。

「趙軍はあと二舎《しゃ》のところにおります」

と、偵騎は告げた。二舎は、宿営を二つかさねるということである。

楽毅は塞の門のうえに立った。

——あと二日で眼下は趙兵で満ちる。

草木は趙の兵馬に消され、地に淪《しず》むであろう。それをかすかな虚《むな》しさとともにみた目は、ふと、天を仰ぎみた。天空に風がわたってゆく。その風はにわかにひと声吼《ほ》えた。

井《せい》陘《けい》の塞

樂毅

一

趙与《ちようよ》の軍は、倒された木や落とされた岩を排除して進路をひらき、けずられた路に梁《はし》を架《か》けるなどして、中山《ちゆうざん》兵によっておこなわれた遏防《あつぼう》工作を突破しつつ、井陘《せいけい》の塞に迫ろうとしていた。

――中山の騎兵はこぬか。

趙与は充分に中山の奇襲を想定して用意してきた。車のうえに小屋を載せたような兵車をつくらせ、矢が降ってきたときは、そこにはいり、反撃の機をうかがうことにしてある。さらに、趙の車騎に急報を伝達することができるように、兵を配してある。

中山の騎兵に襲われても、かえって相手を殲撲《せんぼく》する自信が趙与にはある。

それほど巧捷《こうしょう》なそなえをしてきたのに、静かであった。中山の偵騎らしき影を発見したことはしばしばあるが、騎兵の大集団の影はついにみられなかった。

中山に騎兵の軍があることはまちがいない。げんに、昨年趙与は襲われている。どこかに隠伏している中山の騎兵は何を狙《ねら》っているのか。もしかするとわが王を狙っているのか。そこまで想像した趙与だが、まさか中山の騎兵の主力が恒山《こうざん》（常山）にむかってゆき、趙希《ちょうき》の軍と戦っているとはおもわなかった。

まもなく井陘の塞であるとわかった趙与は多少の落胆をおぼえた。

――奇襲はなかった。

その事実が自分の用心深さを嗤《わら》っているように感じられた。つくづく中山という国の民の賢愚はわからない。けわしい地形を利用して敵軍をおびやかし、撃退する計謀をもたぬのか。塞にこもって、押し寄せてくる敵軍を待つしか知恵がないのか。趙与は敵の鈍重さに腹がたってきた。自分のもくろみがはずれたことは、中山を過大評価したことであり、中山の将が自分よりすぐれた知能をもっているとはまったくおもわなかった。ただしそのことは、ひとえに趙与という将の認識不足をあらわしているわけではなく、楽毅《がっき》という若い武将の存在と後年の卓犖《たくらく》たる活躍を、この時点で洞察している者は趙の君臣のなかでひとりもいなかったことをおもえば、趙与を誚《せ》めることはできない。誚めるとすれば、趙の武霊王《ぶれいおう》をはじめとして人臣のすべてが中山を軽蔑《けいべつ》していたということであり、軽蔑のなかには発見はないという認識が欠如していたことである。皮肉なことに、中山の君臣でさえ楽毅の資質の奥深さに気づいた者はいない。あえていえば楽毅という存在のふくらみをみぬいていたのは、斉《せい》にいる薛公《せっこう》、すなわち孟嘗君《もうしょうくん》ただひとりであった。

楽毅の視界に趙与の軍があらわれる直前に、偵騎が塞に帰ってきた。

「趙の騎兵を発見しました」

と、偵騎は告げた。趙の騎兵は路のないような険峻《けんしゅん》の地をひそかに移動している。その位置は趙与の軍とさほどはなれてはおらず、あきらかに趙与の軍と連動できる態勢をたもちつつ隠密《いんみつ》に行動してきたらしい。兵数は多くない。それでも千騎に近い。するとと趙の車騎の主力は、やはり武霊王から遠くないところにいて、中山の奇襲にそなえているとおもわれる。

「おもった通りだな」

楽毅はかたわらの丹冬《たんとう》にいった。こちらが功にはやって塞から出撃していれば、挟《きょう》撃《げき》され、全滅させられていたであろう。

「ご神知《しんち》です」

丹冬は感嘆した。

が、楽毅にしてみれば、みえない敵をみすかしても愉《たの》しくない。それによって武霊王の中山制圧へのなみなみならぬ心構えを知ったことになり、もしかすると中山は今年で滅亡するのではないかという不安の色が、胸のなかで濃度をましただけである。中山を滅亡させぬためには、王の血胤《けついん》を絶やさぬことだが、いまの楽毅の立場では、太子を保護することさえできない。最悪のことを考えつつおこなう戦いはつらい。

夜、楽毅は塞内をみまわった。楽毅の前後に炬火《きょか》がある。丹冬と超写《ちょうしゃ》とが炬をかかげて伴随《はんずい》している。楽毅をみかけた守備兵は緊張したおもむちで敬礼をおこなった。

——この者たちを殺したくない。

この世を独りで生きている者は多くない。父母、兄弟、妻子などがいる。兵になった者が戦場で死ねば、その家族に埋めようがない空虚ができる。ひとつでもその空虚を生じさせないようにするのが将のつとめである。楽毅はゆっくり兵たちをながめた。

——わしがこの者たちを護《まも》り、この者たちによってわしは衛《まも》られる。

そういうおもいをこめて兵たちをながめたのである。

ゆっくりといえば、塞内の検分もそうであった。炬火によって闇《やみ》を破らせ、壁や武器などをたんねんにみてまわった。舎にもどってから丹冬は、

「ずいぶん念いりにごらんになりましたね」

と、小さな笑いとともにいった。が、楽毅は笑わず、

「目くばりをするということは、実際にそこに目を遏《とど》めなければならぬ。目には呪《じゅ》力《りょく》がある。防禦《ぼうぎょ》の念力をこめてみた壁は破られにくく、武器もまた損壊しにくい。人にはふしぎな力がある。古代の人はそれをよく知っていた。が、現代人はそれを忘れている」

と、底力のある声でいった。丹冬ははっと笑いを斂《おさ》め、自分の主君をあらためて敬

仰するような目つきをとりもどした。

ひとりになった楽毅は窓から星をみた。

夏の星空である。

彗星《すいせい》はすでに去った夜空である。

血のように赤い星が南の空にみえる。

それが中山のいのちのようにおもわれた楽毅は、おのれの想念の不吉さをふりはらった。冬には消えてしまう赤い星である。中山が冬までに消滅してはこまる。

明日には、趙与の軍が黒々と寄せてくるであろう。この塞はいつまで光を絶やさずにいられるか。

井陘の塞は、たとえ五万の兵をむけられても、陥落はしない。まさしく難攻不落の要塞《ようさい》で、たんなる力くらべでは負けることはない。半年でも、いや、一年でも抗戦をつづけることができる。

——もしも陥落するとすれば。

敵の詐術《さじゅつ》にはめられたときがそれである。

たとえば塞の守備兵のなかに、趙軍の兵士と交誼《こうぎ》のある者がいて、中山王はすでに亡《な》くなったとだまされ、むだな抗戦をやめ、門をひらいて投降すれば悪いようにせぬとさそわれ、ひそかに開門してしまう。あるいは、実際に中山王が横死したり、戦死したりすれば、塞内の志気が隕《お》ち、楽毅が声を嗄《か》らして防戦を指揮しても、敵の旺盛《おうせい》な気に屈してしまう。ほかにもさまざまな場合を想定することができるが、敵は、むしろ味方のなかにあるといってよい。塞内の兵に邪心が生ずるという場合もあろうが、中山王の側近があやまった判断をおこない、敵に乗ぜられるような命令を中央が発する場合がもっとも怖い。

――君命に受けざるところあり。

受けてはならない君命のあることを孫子の兵法はおしえている。とくに戦場における将は、たとえ王の命令でも、したがえないときがある。それをおもいつつ、楽毅は厳然と心をひきしめた。

――天を恐れるのみ。

それでよいではないか。兵のいのちを守るためには、王命でもしりぞけねばならぬ。

それを王への逆意であると誚《せ》められれば、中山を棄《す》てるまでである。祖国をいちど去ることによって、かえってその国への忠誠をあらわした臣は、往時に何人もいる。晋《しん》の士会《しかい》、楚《そ》の伍挙《ごきょ》、衛《えい》の蘧伯玉《きょはくぎょく》など、後世に名臣とよばれるそれらの人がそうである。楽毅は儒教についてくわしくないが、教祖である孔子は、

――道おこなわれず。桴《いかだ》に乗りて海に浮かばん。

と、いったそうである。国家に正しい道がないとき、流亡の旅もやむをえない。国家も人も、滅ぶときは内から滅ぶ。

――わしはどうか。

目くばりは自分にもおこなわなければならない。それが内省《ないせい》というものである。人は神ではない。万能でなく、人格も完璧《かんぺき》ではない。むしろ欠点のほうが多い。その認識から発して、徳望の高みに一歩ずつのぼってゆく努力をしなければならない。宰相の子として生まれ、つねに国家のゆくすえを案じ、国民の守り手であることを自覚している楽毅にとって、あらゆる時と場とが、自己の研鑽《けんさん》のためにあるようなものである。もしも自分が非命に斃《たお》れるようなことになれば、おのれへの目くばりをおこたっ

たためであり、おのれのなかで道がおこなわれなくなったせいである。

楽毅はそう考えてから、横になった。

すぐに剣をつかんで起きた。なに者かが舎内にいる。

「たれか」

夏の夜のゆるい風にむかってするどく問うた。

二

「周袖《しゅうしゅう》の手の者でございます」

風は幽《ほの》かな声でこたえた。

わずかに口もとをゆるめた楽毅《がっき》は、

「よく、はいってこられたな。蟻《あり》一匹、はいれぬはずの塞にもぐりこみ、しかも守将の舎にしのびこむ。商人にはできぬ術だとおもわれるが……」

風は哂《わら》ったようである。

「さて、逴々《たくたく》とわが国に至り、わしや太子の無器用さをみかねて、ご助力をなさろうというかたよ。何をわしに教えてくださるのか」

楽毅は舎内のすみに片膝《かたひざ》をついている人影をみつけたが、あえてあごをあげ、窓の外をみた。

「太子のことでございます」

「北辺で戦っておられる。凶事があったか」

「いえ、王命によって、ご帰還の途についておられます」

「それはよかった。霊寿《れいじゅ》の王宮におられるべき人だ」

「わたしどもでは王命の内容まではわかりません。が、懸念《けねん》がございます」

「ふむ、その懸念とは――」

「凶報のひとつを申し上げますと、鄗《こう》の邑《まち》はすでに趙《ちょう》軍に落とされました。鄗を落とした趙の右軍は北上し、まっすぐ東垣《とうえん》に攻めかかろうとしております。趙の左軍と中軍とは、封龍《ほうりよう》と石邑《せきゆう》とを同時に攻め、その二邑の陥落はまぢかです。それを憂慮した中山王《ちゅうざんおう》は、起死回生の策として、太子の騎馬軍をつかって、趙王が東垣へむかうときを狙って、奇襲をかけようとしているのではないかということです」

「愚かな――」

楽毅は星にむかっていった。

武霊王《ぶれいおう》がなんのために車騎を中山の目からかくしつづけているか。中山の騎馬軍を誘い、全滅させたいからではないか。みすみす中山はその罠《わな》にはまるのか。

北阪《ほくすう》からもどってきた太子に、中山王が、

「ただちに趙王を討て」

と、命じたら、太子はまちがいなく趙軍に殺される。中山王があいかわらず太子を殺したがっているのなら、かならずそうするであろう。中山王が、恒山《こうざん》にある塞の救援に太子をむかわせたのも、底意があったとおもっている楽毅は、急な召還にも、明るいものを感じられなくなった。

「わしにとって、太子は、あの星のようなものだ。光が消えれば、地上は闇になる」

「ご同情を申し上げます」

「周袖は太子を斉《せい》に亡命させるといった。さいわいにも太子が戦死なさらなかったら、活路をひらく手助けをしてくれぬか。敗れたとあっては、王のもとにお帰りになるまい。そのまま斉へむかわれるのがよい。そのときは先導してもらいたい」

太子が斉へ亡命すれば、楽毅もそれにつづくつもりである。

「うけたまわりました」

風が変わった。

「まて、そのほうの名をきかせよ」

「羊《ひつじ》、とおよびください」

「羊《よう》か。わが先祖の名とおなじよ」

楽毅は声をたてずに笑い、横になった。舎内から風が消えた。

翌朝、楽毅は清籟《せいらい》のなかに立った。

ふたたび吹きはじめた風が、山懐《さんかい》の白煙をゆらし、またたくまに消した。

まだ趙与《ちょうよ》の軍はあらわれない。

日がたかだかと昇り、中天をすぎたころ、

「きました」

という丹冬《たんとう》の声がきこえた。趙軍の黒い旗が嵐気《らんき》のごとく草木の緑を翳《かげ》らせて寄せてくる。それを凝視していた楽毅は、

「戦いは明日だな」

と、いい、兵士のはりつめた息にいちどゆるみをあたえた。

日没まえに、塞下に布陣をおえた趙与は、目をあげて塞をにらみ、

「塞の守将は宰相の嫡子《ちゃくし》の楽毅であるときく。かの者は三十歳に達しておらぬ若さであるともきく。それにしては、あの塞の威容はどうか」

と、左右の臣にいった。

「なるほど塞はうちかかる者をはねかえさんとする堅硬《けんこう》さをみせておりますが、内実はどうでありましょうか。楽毅の名は、わが国にも他国にもきこえておらず、中山の国内でさえ、その賢愚はさだかではありません。おそらく中山は井陘の塞を攻撃されるとは予想しなかったので、愚将と弱卒をもって、守禦することになったのでしょう」

足下からあがった声にむかって、

「なにをいうか」

と、趙与は一喝した。なんじの目と耳とは、おのれをそこなうためについているのか、とすさまじい剣幕である。

中山の兵はつねづねおのれの勁捷《けいしょう》を誇り、趙兵をみくだしてきた。その驕《おご》りは、塞を守る兵にも顕然《けんぜん》としており、攻め寄せてくる趙兵に、侮蔑のことばを投げ落とし、嘲笑《ちょうしょう》を吐きかけてきた。が、目のまえの塞のありさまはどうか。森然《しんぜん》と静かである。その静かさを異様とおもわねばならぬ。兵の質が悪く、懦怯《だきょう》であるがゆえに静かなのであろうか。そうではない。塞上の兵の動きをみればわかる。紊《みだ》れがない。あれらの兵を統率している将が凡愚であろうか。

「よいか。なんじらは、わしが戦死したら、副将の命令をうけるまえに、兵たちに適切な指示をださねばならぬ。つねに万一のことを考え、おのれと配下のいのちを守るために、目と耳をやしなっておかねばならぬ。敵をあなどるな。あなどらず、勇気を失わず、敵にいどむのだ」

「仰《おお》せのごとくに」

近臣たちは厳粛にこたえた。

兵たちの戦意をうわついたものにさせず、ひきしめさせながらも、それに鋭気をさらにくわえさせた趙与という将は、むろん武霊王の期待にこたえるだけの将としての器量をもち、用心深さを知能でくるみ、同時に果断をそなえていた。武霊王にいわせれば、

「趙与はてがたい戦いかたをする」

ということになるが、趙与がここで敵とした将が、戦国時代に名将とよばれる人のなかで尤《ゆう》たるひとりになろうとは、とても想像することができなかった。

翌朝、趙与の知謀をこらした牙爪《がそう》が、井陘の塞に深い傷をあたえるべく、立ちあがって前進した。塞の壁をこえるための雲梯《うんてい》のほかに、巨大な鉄製の斧《おの》を車体の中心にすえた車を、門や外壁に接近させた。それらがいわば牙爪である。

だが、趙与はわが目をうたがった。

前進していったそれらの車の半数が地中に沈んだのである。塞の門前や外壁の近くに、巧妙に掘られた大きな穴があり、その隠蔽《いんぺい》された穴に車輪を落とす車がすくなか

らずあった。その穴をうまくかわした車は、外壁に鉄の斧《おの》をうちこみはじめている。門前の穴がもっとも大きく深いので、そこにはまった車は、車体がみえない。

「落ちた車を引き揚げ、穴をふさげ」

趙与の命令によって、矢をふせぐための幕が張られ、車を引き揚げはじめた兵たちの頭上に火矢が飛来した。あちこちの幕が炎上し、幕が焼け落ちると、矢が雨のように降ってきた。

「たまらぬ」

工作兵は悲鳴をあげて退却した。

「攻撃を中止させよ」

外壁をくずしにかかっている兵を陣に復《かえ》させた趙与は、鉄の盾《たて》をつらねて、作業を再開させることにした。側近のひとりは、

「車を穴から引きだすのはよいとしても、穴を土でふさぐとなれば、かなりの日数を要します。それより穴のうえに木を架け、梁《はし》となせばよろしいのではありませんか」

と、提言した。

「ふむ……」

目をすえて、しばらく熟考していた趙与は、

「木で虚を蔽《おお》っても、虚は虚のままだ。地中の虚は、やはり土によってなくすのがよい」

と、堅《かた》い口調で、その進言をしりぞけた。

そのため、翌日から戦闘はおこなわれず、塞下は趙軍の作業場になった。それをうえからながめていた中山兵のひとりが、

「なんと要領の悪い将よ」

と、趙与を嗤《わら》ったので、楽毅はすぐさま、

「あの兵に厳罰をあたえよ」

と、軍吏に命じた。みだりに敵に罵辱《ばじょく》を投じてはならぬ、とあらかじめ命令しておいたのに、その兵は命令にしたがわなかったからである。優勢にある者がおのれの優勢さを誇り、劣勢にある者を怒らせて、良い結果が得られたためしはない。

「趙与は良将だな」

塞上の楽毅は感心したようにいった。じつは塞内から穴を掘り、塞外の穴に通じるようにしてある。趙与が攻撃に気をとられて、その穴の近くにくれば、精兵を塞内から送りこんで穴から噴出させ、趙与を討ち取る計画を楽毅はたてていた。穴がすべて塡《うず》められてしまえば、その秘計も塡塞《てんそく》されてしまう。

　丹冬は敵も味方も驚嘆するようなその秘計を知っているかずすくないひとりであり、楽毅の落胆をなぐさめるように、

「たしかに趙与は良将ですが、自分が良将であることを、うぬぼれるときはないのでしょうか」

　と、いってみた。

「跳びこえればすむような穴を、ひとつひとつ消してゆく男だ。なまやさしい敵ではない」

「せっかく長々と掘った穴を埋もれさせてしまうのは惜しい気がします」

「うむ……」

　腕を組んだまま楽毅は趙軍の陣をみおろしている。やがて、

「輜重《しちょう》は山のはるか下らしい」

と、つぶやいた。丹冬ははっと気づき、

「今夜にでも穴から外にでて、輜重の隊を襲いましょう」

と、意気込みをみせた。敵の衣食を焼く手がある。

「それはよいが、夜襲をおこなったあと、ここにはもどれぬ」

「はあ……」

「敵陣は警戒が厳重になり、こちらも穴を閉じてしまう。それでも、丹冬、やってくれるか」

「それは――」

丹冬としては敬愛する楽毅からはなれたくない。

「この夜襲は、なんじにしかたのめぬ。輜重に火をかけたら、すみやかに東へ奔《はし》り、父のもとへゆき、太子を趙王に立ち向かわせないよう工夫をしていただきたい、とたのんでくれぬか」

「東垣《とうえん》の邑にはいれましょうか」

「東垣が重囲のなかにあったら、霊寿へゆき、わが家を守りつつ、太子の御子の消息をうかがっていてくれ」

「主よ」

丹冬はなさけない顔をした。せっかくこれから主君とともに趙軍を悩ましてやろうとおもっていたのに、早々と塞から去らねばならぬとは、残念でならない。

「是非《ぜひ》に、とは、いわぬ」

楽毅は急に表情をやわらかくした。敵将をあっというまに討ち取ろうという工夫がむなしくなることにこだわっていると、ほかへの配慮がおろそかになる。それに、丹冬が率いてゆく人数はすくないので、趙軍の輜重を全壊させることは望むべくもない。夜襲をやめて、父へ使者を送るだけのことであれば、丹冬を使うまでもない。

が、丹冬は楽毅の表情の変化にべつのことを感じたのか、

「今夜、敵の輜重を襲います」

と、強い口調でこたえた。

三

深夜、丹冬《たんとう》は出発した。

鋤《すき》をもった兵が先頭である。むこうの穴に通ずるためには、少々穴を掘りすすんでゆかねばならない。

「三尺も掘れば、通ずる」

と、楽毅《がっき》は鋤をもつ兵におしえた。出発するまえに丹冬は超写《ちょうしゃ》に、

「主のことはたのんだぞ」

と、ことばに力をこめていった。

「心配するな。なんじこそ、敵に捕らわれるな。趙与《ちょうよ》という将軍をあなどると痛い目にあう」

「炎の高さをみていてくれ。高ければ高いほど、こちらの成功が大きいことになる」

「わかった。夜明けまでねむらずにみている」

そういった超写に丹冬は笑顔をみせた。

奇襲の兵がすべて穴のなかに消えると、楽毅は工作兵に、

「穴をふさぐのは、夜が明けてからでよい。そのまえに穴の途中に柴《しば》を多く積み、いつでも火をかけられるようにしておくのだ」

と、指示して、舎にもどった。趙与は綿密な男であるから、夜襲を知れば、穴の存在に気づき、そこから兵を塞内《さいない》に突入させようとするであろう。その兵を煙で撃退するのである。はやく穴をふさがないのは、丹冬にしたがう兵たちが掘鑿《くっさく》にてまどった場合、穴のなかで窒息死してしまうことが考えられることと、はやめに発見された場合、その穴をつかって塞内に逃げかえることもあわせて考えたからである。

超写は楽毅から、

「火がみえたら、わしに報《しら》せよ」

と、いわれたので、塞上をうごかず、したをながめている。

趙与は敵の矢のとどかないところに火をおいて、塞を監視させている。そういう火がおびただしくあり、哨戒《しょうかい》のきびしさは想像以上であろう。

ずいぶん時がたったとおもわれたのに、敵陣に異変らしきものはあらわれない。変化があったのは風だけである。

風が落ちた。

超写はふと、

——奇襲をおこなうのは、こちらばかりではあるまい。

と、奇妙なことをおもいはじめた。趙与はこちらが掘った穴をたんねんにつぶしている。敵がそれをみれば、にぶい将軍よ、と嗤いたくなる。当然、戦闘はその穴がふさがれてからだとのんびりかまえたくなる。だが、楽毅は趙与をあなどってはいない。にぶいどころか鋭利さをかくしもっている将軍のようである。すると趙与は相手ににぶくみせておき、いきなり鋭利さを投げつけることはないのだろうか。

超写は楽毅の舎へ走った。

「どうした」

楽毅はねむっておらず、すぐに起きた。火がみえるのは、はやすぎる。それなのに超写が走ってきたので、不吉を感じたのである。

「妄想《もうそう》によって主の睡眠をさまたげましたことをご容赦ください」

と、地にひたいがつくほど頭をさげた超写は、自分の胸騒ぎをうちあけた。

「あやまることはない」

剣をつかんだ楽毅は、すばやく舎をでた。ふしぎなもので、超写はあわててしたがった。

「写よ、戦いには呼吸がある。すなわち、なんじが申す通り、こちらが呼のとき、むこうは吸ではなく、やはり呼になる。すなわち、なんじが申す通り、こちらが奇襲を考えたのであれば、むこうも奇襲を考えたとおもうのが理だ。その理にそって奇襲の兵が塞内に侵入するとすれば、狙《ねら》うのは、わしのいのちか……、あるいは――」

「武器庫ですね」

「わしなら、そうする」

そのことばがおわらぬうちに、楽毅の足がはやくなった。それより超写の足ははやく、武器庫に近づくと、火がみえた。超写はいつのまに矢をぬいたのか弓につがえ、その火にむかって矢を放った。火が落ちた。超写が二の矢、三の矢を放つうちに、火は消え、楽毅の剣が闇《やみ》に融《と》けた。

「敵兵侵入」

と、超写が叫んだとき、飛矢の音がきこえた。超写は地にころがった。戈《か》のうなりが頭上を通った。

「おのれ」

超写はぬいた剣を地にたて、そのまま起きあがった。手ごたえを感じるまえに、ぐっ、と人の声が近くにあった。超写は剣刃から重さをはらって、横なぐりに剣をふるった。乾いた音とともに火花が目にはいった。その火花に趙兵の影が浮沈した。

「敵兵――」

ふたたび超写が叫んだとき、中山《ちゅうざん》兵の炬火《きょか》が急速に近づいてきた。さっと影が散った。ほとんど同時に楽毅の剣がきらめき、去ろうとした影のふたつが、地に倒れた。

「逃がすな」

超写は跳んだ。炬火をもった中山兵が数人つづいた。

剣をおさめた楽毅は三つの屍体《したい》とまもなく息をひきとるであろう重傷の男をながめた。逃げたのはふたりである。六人の趙兵はたくみに壁を躋《のぼ》り、哨戒の兵を倒し、武器倉に火をかけようとした。寸前で、その奇襲をしりぞけたのである。

——訓練をつんできた者たちのようだ。

楽毅はそう感じ、趙与という将軍の懐《ふところ》の深さをあらためて想像した。

炬火がもどってきた。

超写の表情はけわしい。楽毅に近づくとうなだれた。

「捕らえそこねました」

超写と中山兵はふたつの逃走する影を趕《お》ったが、その影は、塞下に落ちた。よくみれば、壁に綱がさがっており、それをつかって降りたのかもしれず、とにかく超写はその綱を切り落とした。それによって趙兵は墜落したかもしれず、しかしかれらの生死をたしかめようがなかった、という。さらに、そのあたりを哨戒していた二人の兵が殺されていた、ともいう。

楽毅は小さく嘆息し、炬火をかかげている兵に、

「亡《な》くなった者を葬《ほうむ》ってやれ」

と、いい、超写には、

「なんじの言がなかったら、この塞は、ひと月もたたずに陥落することになったであろう」

と、褒詞《ほうし》をさずけた。楽毅は武器庫の左右に舎をつくらせ、監視の兵をおくことにきめた。

「風が落ちています」

歩きはじめた楽毅に、超写はそういった。

「いや、まもなく風が起きる」

趙の陣の火がみえるところまできた楽毅は、いちど夜空を仰ぎ、雲をうごかしている風がそろそろ地に達するであろうよ、とつぶやくようにいった。超写は目をあげた。そのまま暗い天空をみつめていると、なにやら動くものがみえはじめた。雲である。

夜明けが近いということである。

「超写――」

楽毅のするどい声に、超写はあわてて目を転じた。

はるかかなたに炎が立っている。

「丹冬め、やったな」

超写はこぶしを天につきあげた。そのこぶしに風が降りてきた。

「おう、吹け、吹け。あの炎が趙の陣を焼き尽せばよい」

超写が大声をだしたので、さほどはなれていないところに立っていた兵たちも、炎をながめ、歓声をあげた。炎は消えるどころか、さらに高く大きくなった。炎をながめる兵がしだいに多くなった。旗が風をはらんで鳴るようになった。その音がはげしくなるころ、灰色の雲が赤味を帯び、山が黝《あおぐろ》い濃淡として浮きあがってきた。遠い炎が小さくなった。

それまでだまっていた楽毅は、超写に顔をむけ、

「工作兵を起こせ。いまごろ趙与は情報を蒐《あつ》め、穴を怪しんでさぐらせているはずだ。日が昇るころには、趙兵が穴に突進してくる」

と、いったが、その口調にはゆとりがあった。

火兵

炎上

一

趙与《ちょうよ》は目をさました。

火の夢をみていた。自分が火に迫られているわけではないが、どうしてもその火を鎮《しず》めなければならないと苛立《いらだ》っているうちに、火が消えた。夢が破られたのである。

舎外に甲高い声がある。

「どうした」

と、趙与は夢の余風に乾かされた声できいた。

夜気とともになかにはいってきた近臣は、

ぶかった。

「輜重《しちょう》が炎上しております」

と、せわしなく報告した。それをきいた趙与は、すぐに反応しない自分の心身をい

——夢のつづきではないか。

と、おもったほどである。が、どうやら現実らしいとわかって、自分の心身を被《おお》っているにぶさをふり落とし、胸中の混乱をおさめつつ、

「炎上しているのは、井陘《せいけい》の塞ではないのか」

と、念をおすようにきいた。

趙与は敏捷《びんしょう》な兵をよりすぐって特殊部隊をつくった。万策つきて、最後の手段として、塞の守将を暗殺しなければならぬ窮迫の時を想定してつくった部隊である。その存在を知っているのは、趙与と腹心の臣のみである。その部隊の能力をためすつもりで、趙与は、

「塞の武器庫を焼け」

と、指令してから、ねむりについたのである。敵がつくった穴を塡《うず》める作業ばかり

をしていては、せっかくの気勢が萎《な》えてしまう。敵の武器庫の炎上を自軍の兵にみせれば、趙与自身が何もいわなくても、塞の陥落がはやまることを趙兵はさとり、作業にはずみがつき、攻撃に気がはいる。

しかしながら、どういうことか、塞のどこからも火が噴かず、自軍の輜重が炎上しているという。

「失火かどうか、たしかめよ」

と、近臣をしかりつけるようにさがらせると、いれかわってほかの臣が報告をもってきた。

「敵襲を燧《のろし》は告げています」

「敵襲……」

そんなはずはない、と趙与は心のなかで断言した。中山《ちゅうさん》の騎兵がここまで出現しなかったのは、もしかするとこちらの武器や食糧を襲うために待機しているせいではないか、と趙与は用心深く考え、輜重の防備は念入りにおこなった。輜重の三方に偵騎を配し、中山の騎兵を発見したら、趙の騎車にすぐさま報《しら》せる連絡網さえ配備しておいた。その網をくぐって中山の騎兵は輜重を襲ったのか。

――それはありえないというのは、わしの慢心か。

趙与としては、輜重からあがった炎は、陣営のすきを衝《つ》かれたという以上に、自分の意識の疎漏《そろう》を敵に指摘されたこともふくめて、将としての能力の欠陥に気づかされたことで、衝撃があった。

「強くなってきたな、風が」

舎外で炎の高さを遠望した趙与は、集まってきた属将のひとりに、

「車騎が輜重の救援にむかっているとおもうが、念のため、援兵を率いてゆけ」

と、命じた。そのとき、兵が走ってきた。

「輜重を襲った中山兵は、騎兵ではないようです。また、中山兵は北から降りてきたようです」

輜重隊がつづいてあげた燧は、北方に敵兵あり、を告げているという。火の点滅の回数により敵兵の位置をおしえ、火の色によって敵軍が騎兵か歩兵かがわかるようになっている。

あたえた。

「待て」

立ち去ろうとした将をよびとめた趙与は、ゆくにはおよばぬ、といい、諸将に席を
「北方から中山兵が降りてきて、火を放ったらしい。輜重の陣から北方といえば、わが陣だ。奇妙ではないか」

趙与は諸将の顔をながめわたした。

「塞からでた兵はおりません」

ひとりの将が断言した。かれは塞にもっとも近いところに布陣しており、この夜、配下とともに塞の水源を絶つことを検討しており、ほとんどねむっていない。

趙与はその将を凝視した。趙与の耳を打った語気の強さは、その将がみずからの任務をいささかもおこたっていないという自信のあらわれであるように感じられた。

「では、奇襲の兵は、どこからきた」

趙与のことばの重さは、諸将の貌《かお》をうつむかせた。

趙兵の一部が中山軍に通じているとは考えにくい。また、路《みち》なき路を夜間に歩いて

輜重を襲うのであれば、わざわざ北へまわりこんで降りることはあるまい。

趙与をはじめ諸将が黙思に沈んでいると、咳《せき》ばらいが帷幕《いばく》の外からきこえた。軍吏のひとりが立ち、幕の外にでて、すぐにもどってくると、将のひとりに耳うちをした。その将は趙与に会釈《えしゃく》して立ち、幕の外にゆき、ほどなく席にかえり、趙与に頭をさげた。

「わが配下の兵が、移動する影を発見し、矢を放ったところ、その影は闇《やみ》のなかに消えたので、豺狼《さいろう》とみなし、追うのをやめた事実があります」

「いつのことだ」

趙与は目を光らせた。

「夜半のことです」

「なんじの陣はかなり上だな。その影が中山兵だとすれば、はるばると山を降り、輜重に火を放ったとして、ちょうど時間が符《あ》う」

慍《むっ》と顔をあげたのは、塞の監視をうけもっている将である。かれは睡眠不足の目を趙与にむけ、

「将軍に申し上げる。さきほども申し上げたように、塞からでた中山兵は一兵もいないのです。わが配下の兵はそろってねむりこけていたわけではない」

と、不快さをぶつけるようにいった。趙与はその将をなだめるつもりで、目でうなずいてみせた。

「わかっている。塞から兵はでていない。すると、ほかからきた兵がいかなる理由があってそんな上からまわりこんで、降りて行ったのか、それを考えている」

「ますます奇妙ですな」

と、いった将がいる。

「奇妙さが増したことは、それだけ解決に近づいたことになる。上に何かがあるのだ」

趙与がそういったとき、側近のひとりが伏目がちに趙与に近寄り、耳もとで報告をおこなった。

「塞内《さいない》の武器庫を襲ったのは六人で、放火は失敗し、生きて帰った者はひとりだけです。その者も逃げるときに墜落し、重傷を負っています」

諸将にきこえぬ声でなされた報告の内容はそれである。特殊部隊の兵の六人が塞内にしのびこむところは、敵も味方も発見していない。それなら中山兵がしのびでても趙の陣では気づかぬこともある、と趙与はとっさに考えた。

――だが、なんということだ。

敵につける火が、夜空を飛び、自軍の輜重に落ちた。塞内に潜入した趙兵が質の悪い者であるとは考えない。むしろ塞の防備がそれだけ堅いのである。それはそれとして、趙与としては敵将との武運の争いだと自分の策戦をとらえている。自分が放った火で自分がやけどをするようになったこの事態は、自分の武運が塞の守将である楽毅《がっき》に負けていることを暗示しているであろう。おなじ夜に火を放ちあったことは、ふしぎな符合ではなく、将どうしの鋭気がぶつかりあっているわけで、趙与は気合い負けしたことになる。

――楽毅はそれほどの将か。

趙与にだけわかることである。

しかしこれは前哨戦《ぜんしょうせん》にすぎない。輜重の焼失がどれほどのものであったか、まだ報告がこない。が、大軍に襲われたわけではないので、甚大《じんだい》ということにはなるまい、と胸中で商《はか》っている。

したがって、趙与はいささかも顔色をかえなかった。ところが、側近が立ち去るまえにいったことをきいて、目と眉《まゆ》をうごかした。

生還した兵の報告によると、塞内の哨戒兵が、穴のしかけは趙軍にはわかるまい、と語りあっていたというのである。

——穴にしかけがあるのか。

どの穴だときくまでもない。すっくと立った趙与は、

「中山兵が豺狼《さいろう》に化した術を看破した」

と、いい、塞に近いところに布陣している将に、まだ塡《うず》めていない穴の調査を命じた。

強さをました風にさからうように、本陣をめざしてきた騎馬がある。

輜重《しちょう》隊の兵が報告にきたのである。

――おもったより被害が大きいな。

趙与《ちょうよ》は怒りをおぼえた。むろんその怒りを顔色にだすほど自制心にとぼしい将ではない。

風をはらんだ帷幕《いばく》からでた趙与は塞をにらんだ。

――かならず落としてやる。

と、心のなかで嚇《かっ》と楽毅《がっき》に怨刺《えんし》を吐いた。

目をあげると、赤く染まった雲のあいだからのぞく空の色が青くなってきた。

ふりかえれば、輜重の炎上はすっかり鎮《しず》まったようである。

軍吏が走ってきた。

いう。

「将軍のご推測の通りでした」

攻城車の車輪をひきこんだ穴がある。それらの穴を塡めつくしたわけではない。残った穴のひとつが、塞内に通じているらしいことを、調査の兵が発見した、と軍吏はいう。

「推測ではない。わしには看《み》えるのだ」

と、叱《しか》るようにいった趙与は、すぐにその穴を検《しら》べた。

――よくぞ掘ったものだ。

趙与は感心した。そのあと、わずかに首をかしげた。なんのための穴かを考えたのである。塞が落ちたときの脱出用の穴ではない。敵の陣にむかって掘られたということは、あきらかに攻撃用である。奇襲の兵を出し入れするための穴であることはわかるのだが、

――わしが楽毅の暗殺を考えたように、楽毅もわしの暗殺を考えたか。

と、想念をそこまで延ばしてみて得心が行った。たがいに最後の手段とはそれしかない。秘計のひとつとして掘られた穴を趙与がつぶしてゆくので、楽毅をあわてさせ

たのであろう。せっかくの穴を活用するために、いそいで夜襲の兵を楽毅は放ったにちがいない。

——わしの陣がこの穴に近かったら、わしは殺されていたな。

それが趙与の実感である。

「視《み》よ、これが中山兵を豺狼《さいろう》に化けさせた術の正体よ」

ふたたび集まった将に説きしめした趙与は、すでに整列している兵に顔を向け、

「途中で塡められていても、掘りすすみ、どこまでゆけるか、確認せよ」

と、命じた。兵たちが穴にはいってゆくのをながめながら、

「楽毅はわずかな功を樹《た》てるために墓穴を掘ったな」

と、一笑した。

そうではないか。塞や城を攻めるのは、門を破り、牆壁《しょうへき》を越えるだけが攻撃の方法ではない。穴を掘り、その穴に人数を送りこんで、門内に突入させる場合と、門など敵の防禦《ぼうぎょ》のかなめになる建造物に穴を到達させ、そこで火を放って焼き落とす方法などがある。その穴を掘るにはかなりの日数を要するとおもっていたのに、塞の守将は

奇襲のためにその穴をつかうことによって、穴の所在をあきらかにし、かえってこちらの手数をはぶいてくれた。穴の途中がふさがれていても、この地中の路は大いに利用できる。

諸将もかるく笑声をたてた。

かれらは趙与の笑いにふくまれていた意味をくみとったのである。

すでに笑いを斂《おさ》めていた趙与は、

「敵が掘った穴などがほかにないかよく検《しら》べたうえで、そういう穴を残して、明日までにすべての穴を塡塞《てんそく》し、明後日はいっせいに塞を攻める。よいな」

と、諸将に命じた。

諸将が立ち去ったあと、穴から煙がでてきた。

「や……」

趙与は目を凝らした。

温泉の湯気のような幽《ほの》かな煙である。

すぐに兵がつぎつぎに穴からでてきた。やがてにわかに白煙が穴から吹きだし、その猛烈な煙とともに、さらに兵がころがりでた。しばらく兵たちの咳こむ音が熄《や》まなかった。

——楽毅め。

鞭《むち》で地をたたいた趙与は、工作兵の長をよび、白煙を吐きつづける穴に鞭をむけ、虚《こ》空《くう》を衝《つ》き、

「あの煙がおさまったら、ふたたび穴をさぐり、たとえふさがれていても、そこからべつの方向へ穴を掘りすすみ、塞内に達するようにせよ」

と、はげしく命じた。

そういう作業もふくめて、この日も、塞下では土木作業がつづいた。

——明後日から戦闘再開だ。

と、おもう趙与は、精力的に工事現場を歩きまわり、作業中の兵たちをはげました。

「活気がある」

塞から趙兵の働くさまをながめていた楽毅は、ひとつつぶやくと、工作兵を集合させ、

「壁の近くに井戸を掘れ」

と、いい、こまかな指示をだした。井戸といっても水を汲《く》みだすためのものではない。趙軍が穴を掘り、穴の路を壁の下に通そうとすることを想定し、塞を守る側としては、壁に近いところにたくさんの井戸を掘っておき、井戸の底に、腹のふくらんだ大きな罌《かめ》をすえ、罌の口に皮をはって、それに耳をあて、敵がどの方向で掘鑿《くっさく》をおこなっているかを聴きわけるのである。

戦国初期に守城の名人として名高かった墨子《ぼくし》は、敵の掘る穴にそなえる井戸について、

――五歩に一井《せい》。

と、いっている。一歩は一・三五メートルであるから、五歩は六・七五メートルである。つまり、およそ七メートルにひとつの井戸を掘る必要があることをいい、さらに罌の口をおおう皮のことを、薄輅革《はくらくかく》とよんでいる。

楽毅は墨家の門をくぐったことはないが、兵家《へいか》のひとつである孫子《そんし》の門下生であったかぎり、戦法のなかでも重要だとおもわれる守城法に関心があり、

――墨子が守った城は、なにゆえ、ひとつも陥落しなかったのか。

ということを、自分自身の学問の主題にすえたことがあった。おなじ門下生の田氏《でん》とそれについて話しあったこともある。故事にくわしい田氏であったが、

「墨子教団は規律がきびしくて、外の者では教理のこまかなことがわかりにくいのです。守城となると、教団の存続にかかわる大きな柱で、その兵法があるからこそ、教団は楚《そ》や秦《しん》で尊重されているわけですから、門外にはもらさないようになっています。が、教団をぬけた者が孫子の門をくぐっていますから、多少のことはわかります」

と、いい、墨子の兵法の一部しか話してくれなかった。

「備穴《びけつ》」

すなわち敵の掘る穴にそなえる兵法は、その話のなかにあったもので、孫子の兵法という抽象論とはちがう具体性にみちており、若い楽毅の脳裡《のうり》に強烈に灼《や》きついた。だが、あとになって墨子の兵法と孫子の兵法とをくらべてみると、いちいちこまかな指示をださず、具体性に欠けるとおもわれる孫子の兵法のほうがすぐれていると認識するようになった。

人が戦うのは、戦場ばかりではない。

そう気づいたとき、孫子の兵法にある高見がわかるようになった。

たしかに戦いのなかには物理を応用しなければならないものがある。硬い物を破るには柔らかい物では不可能であるという理が厳然とあることはたしかである。しかしながら、孫子の兵法では、戦いというものを、武器と武器の衝突、城壁と雲梯《うんてい》の接触とはみなさず、人と人との争いであるという前提から、人とは何か、その人がつくる国家や軍隊とは何か、という洞察に主眼がおかれている。人という個がもつ虚実、その人が集まってできる組織がもつ虚実、そのふたつの虚実が戦争ではかさなりあって展開される。孫子にとって戦争とは、兵士が戦場にむかう以前にすでにはじまっていて、戦わずして勝つことを至上としている。

——これほどすぐれた兵法がこの世にあろうか。

楽毅には素直に孫子の兵法を賛嘆したい気持ちがある。そういう気持ちからすると、備穴の戦法は、かなり愚劣である。そもそも中山が趙と全面戦争に突入したこと自体が愚劣なのである。この愚劣さのなかにあって最善の策謀や戦術をさぐりつづけなければならない楽毅の心情の底にながれているものを汲みとることのできる者は、塞のなかにはひとりもいない。

将とは、戦場において、大いなる孤独を感じる者なのであろう。

――孫子の道を知る者は、かならず天地に合う。

と、教えられたことがあるが、なるほど、いまの楽毅と語りあうことのできるのは、天と地しかなかった。

その天が二度昏《くら》くなり、地に三度目の明るさが生じると、地が躁《さわ》ぎはじめた。

「いよいよ、くるか」

趙軍の旗は黒く、兵の甲冑《かっちゅう》も黒い。まさに黒ずくめの軍が塞に寄せてくる。その黒い波が塞下にうち寄せたとき、壁にあけられた小さな穴から矢が発射され、大雨のごとく趙兵に降りそそいだ。趙兵はその矢につらぬかれて斃《たお》れる者がでたが、大半は楯《たて》をつかって矢をふせぎ、前進をやめなかった。

高楼《こうろう》に車輪をつけた巨大な攻城車がゆっくりと塞に迫ってくる。前面に小さな穴を三段にならべ、そこから連続して矢が放たれる。

衝車《しょうしゃ》とよばれ、牆壁を突きくずす車が突進してくる。さらに雲梯の梯子《はしご》が伸びてくる。塞下に達した趙兵はつぎつぎに鉤《かぎ》のついた綱を投げあげ、壁をのぼろうとする。

「おろせ」

楽毅がしずかに命じると、壁のうえに鉄板があらわれ、それがゆるやかにおりた。そのため塞の下にいる趙兵の投げあげる鉤が、その鉄板にあたり、壁にかからなくなった。

高楼にいる中山兵は雲梯の動きを目で追い、下の兵に指示をあたえている。

衝車が門扉《もんぴ》に激突したらしい。すさまじい音がした。

火を噴くような攻撃とは、このことであろう。

楽毅はいちど高楼にのぼった。が、すぐにおりて、あゆみ寄ってきた超写《ちょうしゃ》に、

「車はほとんど塞下にある。そろそろはじめよ」

と、いい、赤い旗をかかげさせた。

三

このときまで防禦の戦闘にくわわっていない三百人の兵がいる。

かれらは赤い旗をみると、足もとにある小さな壺《つぼ》から垂れている細い紐《ひも》に火をつけた。すぐに壺の口をしばっている長い紐を手にとり、いきおいよくまわしはじめた。壺が小さな火を噴いている。

かれらは小さな集団をつくり、岐《わか》れてゆく。それぞれの集団には長がいて、眼下の攻城車を確認すると、

「放て」

と、号令した。壺と紐は兵の手をはなれ、攻城車にむかって落下した。壺は車や地にぶつかって割れ、なかの油が飛散した。同時に火も飛散した。

火の神が攻城車をつかんだように、炎が車体をつつんだ。攻城車のなかや近くにいた兵が、獣のような声を発して逃げた。

下からの矢のいきおいが衰えると、中山《ちゅうざん》兵は壁のへりに近づき、壺をどんどん投げ落とした。上からみると、炎の華が咲くようである。

高層の攻城車にも、ついに火がついた。小さな穴がいっせいに煙を噴きはじめた。

趙兵が右往左往しはじめたことがありありとわかる。

雲梯《うんてい》の梯子《はしご》が燃えている。じりじりとさがってゆく車もあるが、火のまわりがはやすぎて手のだせない車が多い。

やがて炎の柱が立った。高層の攻城車が炎上したのである。火の粉が塞まで飛んでくる。

楽毅《がっき》はすぐ超写《ちょうしゃ》に、

「水を用意させよ」

と、いい、しばらく炎の柱をながめていたが、その柱が音をたてて崩れ落ちるまえに、梁《はし》をわたった。塞は複壁をもっている。もとの塞の壁とあらたにつくった壁のあいだには深い塹《ほり》があり、往来するには梁をわたる。

中山兵が歓声をあげている。趙兵が退いてゆくのであろう。

が、楽毅の目には微笑さえ湧《わ》かない。

趙軍は莫大《ばくだい》な軍資をもっている。攻城車の大半を焼かれても、ひと月もすれば、おなじ数の攻城車を造って寄せてくるであろう。そのあいだ、敵将の趙与は、腕をこまぬいているはずはなく、地中からの攻撃を考え、塞内《さいない》の水を断つことも考え、つぎつぎに手をうつであろう。

――守城とはむずかしいものだ。

敵の攻撃をふせいでいるうちはまだよい。敵兵の活気に対応してこちらにも活気が生ずる。が、その活気をかくされると、こちらの活気もしずまり、やがて戦いは想像のなかにもちこまれる。さいごに想像も現実も、孤立、というところで一致し、その孤立を耐えてゆくのは至難のことである。

趙与がしのぎがたい難敵であれば、これ以上攻撃せず、塞下にしずかに布陣したまま、月日のすぎるのを悠々とながめるだけであろう。

――が、それは宥《ゆる》されまい。

昨年、中山の騎兵に急襲されて敗《やぶ》れたという事実が、なによりも趙与に余裕をあたえない。ここはどうしてもはなばなしい勝利を武霊王《ぶれいおう》にみせねばならない。それがわかるだけに楽毅は多少ほっとする。

――趙与よ、こちらの兵気が弛《たる》まぬうちに、攻めてきてくれよ。

梁をわたりおえ、塞の高楼にのぼった楽毅は、眼下のどこかにいる敵将に、心のなかでよびかけた。

その声がきこえたわけではないが、趙与は塞をみあげていた。瞋《いか》りの目に塞は巍々《ぎぎ》としてそびえている。かれの視界の底には焼け爛《ただ》れた攻城車があり、死に臨んで吐く息のような煙を立てている。しばらく呼吸を忘れたように立っていた趙与は、ふとわれにかえったのか、

「火に克《か》つのは水か……」

と、つぶやいて、舎にもどった。

ひと月のあいだ趙与は塞を攻撃しなかった。かれの敵は、むろん、塞のなかにいる。が、かれが注意をはらわなければならないのは、前面の敵ばかりではない。いま東垣《とうえん》を攻めているはずの武霊王を忘れてはならない。武霊王は各地で中山攻略をおこなっ

ている将軍の働きぶりを、つぶさに知っているであろう。

——わしは王にどう観《み》られているか。

それを念頭において、戦う必要がある。いたずらに死者をだせば、将軍の地位からおろされるかもしれない。たとえ戦場で指揮の交替がおこなわれなくても、帰国してから、閑職へ遷《うつ》されることになろう。いずれにせよ、愉快なことではない。ここは、

——王であれば、どう攻めるか。

と、考えて、戦法を熟慮しなければなるまい。

「穴を掘りつづけよ」

いくつもの穴を塞にむかって掘らせている。さらに、

「塞の井戸を涸《か》らすことができぬか」

と、工作兵に課題をあたえている。うてるだけの手をうっていると背後の武霊王にみせておくことが肝要である。武霊王は勇気のある者を好むが、その素心には、浪費を忌《い》むところがある。つまり勇気のむだづかいは好まず、戦いに合理を求めている。胡服《こふく》騎射のように武装と機動性に便宜をはかったことは、そのあらわれである。した

がって趙与としては、やみくもに攻撃をつづけて、いかにも塞を破壊しようとみせかけるよりも、死者をふやさず塞を陥落させる方法を考えたほうが、たとえ一、二か月間兵をやすませていても、武霊王の怒りにふれることがないとみきわめている。

「攻城車をあらたにつくらせている。それがくれば、攻撃する」

と、属将にいった。

諸将は顔をみあわせた。

「またあの火の壺を浴びるだけではないか」

と、いいたそうな目つきをした。趙与はかれらをながめ、

「こんどは車を焼失させはせぬ」

と、明言をあたえた。

――悪金《あくきん》の車を造らせているのだろうか。

趙与が自信たっぷりにいったので、諸将はそう想像した。悪金は鉄のことである。が、鉄製の攻城車は、想像のなかにあるものの、現実につくられたことはない。この戦陣でもふたたび登場したのは、木に革《かわ》をはった攻城車である。

「なんだ、あれか」

諸将は失望の目で車を迎えた。兵たちもおなじである。頭上からふってきた火の玉への恐怖が脳裡《のうり》から消えていない。おなじ戦法では、おなじ敗退しか予想できない。

趙与は攻城車の配置を指示した。その位置もまえとかわらない。

それら攻城車を属将たちは横目でにらみ、兵たちは不安げにながめた。

「撃て」

と、趙与将軍の口から号令が発せられれば、異見あり、と仰首する者は、その首を刎《は》ねられるであろう。趙与の近臣たちも口をつぐんでいる。ほかの者に意見を述べさせないような峻烈《しゅんれつ》な空気が趙与のあたりにある。趙与はめっきり寡黙《かもく》になり、目だけを光らせている。こんどの攻撃が失敗すれば、武霊王を不快がらせ、問責されることを充分に承知しているという表情である。

——それにしては知恵や工夫が足りぬ。

と、属将たちは心のすみで、趙与の旗鼓《きこ》の才をうたがっている。

趙の陣は奇怪なほど静かになった。

「いつ攻めるのか」

と、将卒はかたずをのんでいる。

趙の陣中に攻城車が再出現したことで、塞内にも緊張がはしった。いつ攻めてくるのか、と中山兵もかたずをのみ、昼夜、敵陣を凝視しつづけた。

三日が経《た》った。

趙の陣に動きはない。

「異様ですね」

小首をかしげながら超写は楽毅にいった。

――なるほど異様だ。

ぶきみな静かさが敵陣にはある。考えられることは、敵陣に異変があったか、敵陣にたくらみがあるか、どちらかである。

――地中の穴が塞にとどくのを待っているのか。

地下の戦闘を予想して楽毅はそなえをおこたっていない。地上と地下とで同時に戦闘がおこなわれても、撃退することができるという自信が楽毅にはある。趙与が凡将ではないとおもっている楽毅は、つねに趙与の立場で戦術を考えることにしている。趙与はまえの戦いで敗退した痛みを心にかかえつつ、こんどの戦術を熟考したにちがいない。中山兵がつかった火の壺を、こんどは趙兵もつかうであろう。それも楽毅は予想している。そういう予想を細部におよぼしても、趙軍の静黙は解けない。敵の攻撃方法をつかめないということは、こちらに、

楽毅「虚《きょ》」

が生じていることになる。虚を衝《つ》かれれば、いかなる堅陣もひとたまりもない。

楽毅は趙の陣をながめつづけた。謎《なぞ》を解くには、それしかない。かすかな変化が謎を解く手がかりになるはずである。だが、むなしく日がすぎてゆく。

楽――わしの知恵は趙与をしたまわるのか。

夜、寝つきが悪い。

とろりとねむりに沈んだ。が、そのねむりに音が生じた。やがてその音はねむりの静調を破った。

「雨か……」

おもった瞬間、楽毅は跳ね起きた。一瞬にして謎は解けた。趙与が待っていたのは、雨である。

舎を飛びだした楽毅は、超写を呼び、さらに、

「起きよ、趙軍がくる」

と、夜明けまえの雨中で叫んだ。

雨中の攻防

一

雨中の闇《やみ》にひびきがある。

趙兵《ちょうへい》が地を蹴《け》る音、攻城車の車輪が地をけずる音などが、闇の底で渾然《こんぜん》となって、塞に押し寄せてくる。

超写《ちょうしゃ》がもっている炬《きょ》に雨があたり、その火は消えそうである。

——今日は死力をつくしての攻防になるだろう。

超写だけではなく、塞を守る中山《ちゅうざん》兵のすべてがそうおもっている。火器をつかえないことはわかっている。力戦《りょくせん》しかない。むろんそのときのために、楽毅《がっき》の指導のもとで、訓練をつんできた中山兵には、趙軍がいかなる大兵でも、撃退することができるという自信がある。

「さあ、こい」

中山兵のなかには、実際にそう叫んだ者もいたであろうが、おおかたの兵は胸のなかでそういって、武器をにぎりしめた。

闇の底から塞にのぼってくる音は、趙兵が放つ喚叫《かんきょう》にかわった。趙兵の声のかたまりが土の壁をゆすぶり、こわしそうである。塞の兵は闇の底にむかって矢の雨をふらせた。ゆっくりとさがってゆく鉄板が鳴りはじめた。趙兵が投げあげる鉤《かぎ》があたる音である。高層の攻城車が接近してきたのか、趙軍の矢が下からだけではなく、横から飛来するようになった。

「雲梯《うんてい》が伸びてきたぞ」

壁上の守兵は楯《たて》をならべて敵の矢を防ぎつつ、梯子《はしご》が壁にとどかぬように、先端が叉《ふたまた》になった竿《さお》で受ける。機械と人との力くらべである。火をつかえないだけ、中山兵のほうが苦しい。

——雨がやめば、雲梯など、すぐに焼き払ってやるのに。

虚空《こくう》に浮いた梯子を横目でにらみ、超写は矢を連射した。ふと、壁上に趙兵の影があらわれた。綱をのぼってきた兵であろう。壁上の炬火がとぼしいので、人影はあきらかではない。その影にむかって矢を放っても、あたりそうにないので、超写は弓矢をおき、戈《か》を把《と》って、走った。趙兵も戈をにぎっている。雨の音で超写の足音は消され、超写の戈がうなりをあげて趙兵の首を襲ったとき、ようやく趙兵は敵兵の所在に気づいたようであった。鮮血が雨中に飛び散り、趙兵の首がかたむいた。戈の刃《ひ》が皮甲《こう》にくいこんでいる。

「勇気だけは美《ほ》めておこう」

と、いった超写は、足で趙兵のわき腹を蹴った。すでに絶命している趙兵の首から戈がはずれ、そのからだは壁上から落下した。つぎの瞬間、鉤が超写の甲《よろい》にあたった。わずかによろめいた超写は、赫《かっ》とその鉤をつかみ、

「壁上に陟《のぼ》ることは、冥界《めいかい》へ殞《お》ちることだぞ」

と、大声でいい、鉤のついている綱を胸の高さまであげて、剪《き》った。

肩で音がした。矢があたったらしい。弱い矢で、鏃《やじり》は甲をつらぬくことなく、地に落ちた。

超写はまた走った。

楽毅は高楼にのぼらず壁上にいる。

なんとなく明るくなったが、雨はふりつづいている。

戦闘がはじまってかなりたつ。が、まだ趙兵は壁を越えていない。趙軍の衝車《しょうしゃ》は地のぬかるみに車輪をとられ、門を突き破ることができない。趙軍は地面に板を敷きはじめている。

——それでも、たやすく門扉《もんぴ》はひらかぬ。

門扉は木ではなく鉄なのである。火をかけられても焼失することはない。まもなく衝車が門扉にぶつかる音がきこえてきた。たとえその門扉が破られても、つぎにあるのは深い塹《ほり》であり、衝車のつかい道はなくなる。楽毅は超写の顔をみると、

「矢を補充せよ」

と、命じた。中山兵は完全に守りぬいている。

趙兵は壁の近くで屍体《したい》となるものがふえた。

それを趙与は眉《まゆ》ひとつうごかさずにみている。

——雨がやむまでに、あの壁を越える。

と、自分にくりかえしいいきかせているうちに、そう信じられるようになった。塞の兵の十数倍の兵をあずかっているのである。攻撃をやすめば、雨がやみ、勝機は去る。そういう予感もある。攻めて攻めて、攻めつづけるのみであろう。

その執念が雨をはなさなかったのか、夜まで雨はふりつづいた。そのあいだ攻撃はわずかな休息ももたなかった。疲れはてた兵を退かせ、鋭気をたずさえた兵を壁にむかわせた。それでも中山兵は防衛にゆるぎをみせない。

——楽毅は金人《きんじん》か。

はじめて趙与は眉をうごかした。

この将の心気には粘性があり、その粘性を冷静な判断力がつつみ、そのうえかれが賢明であるのは、認識の的確さがややもすると物事にむかってゆく意欲を冷やしたり殺《そ》いだりすることを知っていることであり、この場合も、これ以上戦闘をつづけることが得策ではないと充分に承知していながら、そうした戦陣における利害の計算をはずしたところに立とうとした。これだけ押してもびくともしない塞を守っている将の楽毅は金属でできた人か、と感じたこと自体、認識が先行しはじめたしるしであると気づき、かれは本陣をでて塞に近づいた。

――わしも壁をのぼってやる。

将の席にすわっているかぎり、戦況は好転しないような気がしたのである。兵士とおなじように生死の境に突入しなければ、楽毅の呪縛《じゅばく》を解けないのではないか。

「将軍――」

理性をうしなったような趙与の行動に、近臣たちは大いにおどろき、声を嗄《か》らし、主君の肩や腰にすがった。

「ふがいない」

飛矢の音がきこえるところで、趙与はわめいた。近臣たちはおもわずうつむいた。

雨が細くなった。

まもなくやむであろう。

ふしぎな静寂がこの主従を襲った。

「はなせ」

と、趙与が叱声《しっせい》を吐いたとき、兵が走ってきた。

「地下で戦闘がおこなわれており、まもなく壁中の房《へや》にわが方が達するもようです」

掘りすすんで行った穴が効力を発揮したのである。敵側がその穴に気づくと、やはり穴を掘って侵入をくいとめようとする。すなわち地下道で戦いがおこなわれるのである。

「よし。休息している兵も起こせ。総攻撃にうつる。太鼓をここまでもってくるのだ。太鼓の皮が破れるか、わしの手の皮が破れるか。壁を越えるまで、わしは休まぬぞ」

この時点で、趙与は思考することを放棄した。情火そのものとなって、太鼓を打った。その音に気力の殷熾《いんし》をとりもどした趙兵は、夜の闇を突き進み、塞の壁に激突した。

じつのところ塞を守る中山兵は疲れきっていた。まる一日の戦闘である。趙兵は休むことなく寄せてくる。それを撃退しつづけて、

——夜になれば趙兵は退くであろう。

と、考え、防衛に弛緩《しかん》をみせず、戦いぬいた。が、地が暗さにおおわれても、趙兵の攻撃はやまず、ついに趙軍は総攻撃を敢行したらしい。

太鼓の音が近い。

超写は耳を澄まし、太鼓の音が生じるほうに矢を放った。が、太鼓の音をその矢は消さなかった。

「趙与は自暴自棄になったのでしょうか」

と、超写は楽毅に訊《き》いた。

「あの男は……、さいごに理を残す。どこかに勝機をみたのだ」

「主よ、雨がやみます。火の壺《つぼ》をふらせましょう」

「それより、塞へ梁《はし》を架けよ」

「壁上には趙兵の影がみえぬのに、退かれるのですか」

「用心のためだ。早くせよ」

意外のおもちの超写が楽毅のもとからはなれるや、急報をもたらした兵がいる。

「地下から壁中の房へ達した趙兵がおります。そこを突破口にされ、趙兵が盈《み》ちてくるとおもわれます」

「そうか……」

中山兵は地下での戦闘に敗《やぶ》れたのである。房の窓は矢を射るためのもので、とても人の出入りがかなう広さをもっていない。それゆえ房にはいった趙兵は後続の兵を待って、壁中での進撃を開始するにちがいない。壁中の通路は遮断《しゃだん》することができるものの、それをすると、いま房中で戦っている中山兵を遺棄《いき》することになる。

「退こう」

楽毅は速断し、鉦《かね》を打った。

塞の前面に築いた壁は二か月間趙軍を阻止したのである。

——よくやってくれた。

楽毅が壁をたたくと、にわかに眼下が明るくなった。退去用に架けられた梁が炬火に照らしだされたのである。

中山兵がその梁をわたりはじめると、頭上はるかに星がひろがった。

二

壁上から中山《ちゆうざん》兵の影が消えた。

それに気づいた趙与は、太鼓の枹《ばち》をにぎりなおした。

――鼓響《こきよう》が敵兵を払いのけた。

一瞬、そう感じた。むろん太鼓ひとつで敵兵を一掃できるはずはなく、勝機をつかむべく熟慮をかさね、そのうえに断行をのせたという自分のすぐれた胆知を褒めたい気がないわけではない。が、戦いに勝つということは、将の秀逸さによるだけではない。雨を利用したとはいえ、その雨が半日でやんでしまえば、勝利にとどきそうな手を引かざるをえなかったかもしれない。また兵の質がある。ひごろ武霊王《ぶれいおう》が尚武《しようぶ》を口にし、優秀な武人を登用しているからこそ、兵全体の質が向上しているのである。兵の質が悪ければ、塞を攻撃するについて、ほかの手を考え、苦慮しなければならぬであろう。

とにかく趙《ちよう》軍の気迫が塞の兵を圧倒したのである。

太鼓を打つ趙与の気分は高揚しつづけた。みずからが高鳴り、その音が太鼓の音となって、趙兵の意気をおしあげた。いまや壁面がみえぬほど趙兵は壁をのぼっている。すぐに壁上は炬火によって燦然《さんぜん》となった。門がひらいた。

期せずして趙兵は歓声をのどが破れるほど放った。その声が壁中をも盈《み》たしたところ、楽毅《がつき》は兵をねぎらうために酒食をあたえ、

「大いにさわぎ、ゆっくりやすむがよい」

と、いい、みずからは舎にはいった。超写がつき従い、

「あのように浮かれていては、敵につけこまれませぬか」

と、心配を口にした。

「趙与は慎重な男だ。塹《ほり》を埋めてからでないと、攻撃はせぬ。なんじも酒食で腹を充《み》たし、安心してやすめ」

そういって超写をかえした楽毅は、すぐに横になった。多少の悔いがある。

――丹冬《たんとう》の進言をしりぞけるべきであったか。

小さな戦利に目がくらんで塞の陥落をはやめたとあっては、良将とはいえない。趙与が穴をふさいだのなら、そのまま穴を無用のものとして放置しておけば、地下での戦闘にいたらず、趙軍は壁前でいまだに足踏みをつづけているにちがいない。

——わしはかたちにとらわれたな。

かたちをみせたものを攻めるのはたやすい。陣はつねに隠微でなければならない。塞の防衛においてもそうである。目にうつる塞が、目にはうつらない力をそなえていなければならない。その力の全容を敵に観取されてしまえば、塞はただの土と木のかたまりにすぎない。

攻撃とは、攻めるかたちをみせた瞬間、相手を粉砕していなければならない。楽毅の立場からいえば、塞下の敵を全滅させる戦法をととのえてから、撃ってでるべきであり、そうでなければ、塞というものを無形に近づける努力をつづけるべきである。どれほど大きな力で攻めても、遠のき、かたちを隠してしまう塞にしなければならない。目前にある塞が、はるかかなたにあり、撃っても撃っても何の手ごたえもない存在であることを趙の将兵に意識させてこそ、すぐれた守将といえる。

——が、わしはまだそこまでゆかぬ。

楽毅は目をとじた。

やがて兵たちがさわぐ声が遠くなった。

——風か。

楽毅は目をひらいた。しかし身を起こさなかった。

「羊《よう》だな」

闇《やみ》のなかの男はだまっている。

「どうした」

「凶報をおもちしました」

「申せ」

「宰相がお亡《な》くなりになりました」

楽毅は闇を凝視し、身をおもむろに起こした。

「父上は戦死なさったか」

「はい。趙王を急襲する騎兵集団の指揮をおとりになり、趙の中軍と接触し、捕獲されたすえに、趙の太子に斬《き》られました」

楽毅の耳のなかで音が殞《お》ちた。

ふと、父の面影が淡い光をともなって胸の底から浮かんできた。その影はもはや現実にもどる力をもっていないと信じるのがつらかった。そのつらさを嚙《か》みしめているうちに、眼底に涙がたまった。

「父上は太子の……」

そういった楽毅は、自分の息が萎《な》えてゆくのを哀《かな》しみ、みずからをはげまして、

「父上は太子の代わりに騎兵を指揮なさったのか」

と、いった。声のふるえはどうすることもできない。

「そのようです。東垣《とうえん》の邑《まち》を太子におあずけになり、果敢に出撃されました」

「そうか」

本来は中山の太子が騎兵を率いて武霊王を急襲するはずであった。そうなれば、まちがいなく中山の太子は死ぬ。楽毅は中山の太子が戦死すれば、太子の遺児を擁して斉《せい》へ亡命するつもりである。だが、そうなるまえに、楽毅として打てる手は、太子を

出撃させないことだが、それを丹冬《たんとう》を通して父にたのんだ。父は息子の要望を容《い》れた。それが、この死である。

「丹冬という臣を東垣へ遣《や》ったが、消息を知らぬか」

「存じません」

「太子はご無事なのだな」

「いまのところは――」

「というと」

「まもなく陥落するでしょう」

「羊よ、なんじに太子のことをたのんだはずだぞ」

　楽毅はかるくとがめた。

「うけたまわっております。東垣にはわたしより敏捷《びんしよう》な者がおり、太子に退路をおしめしすることができるとおもいます」

「それをきいて安心した。ところで、なんじはどこを通ってここまでくるのか。この塞は蟻《あり》一匹も通さぬようにしてある。なんじのような者が趙軍に五人もいれば、たちどころにこの塞は陥落するであろう」

「どこを通るとは申し上げられませんが、周袖《しゅうしゅう》の下には、わたしのような者が十人はおります」

「羊よ、それは周袖ではなく薛公《せっこう》であろう。孟嘗君《もうしょうくん》でなければ、なんじのような異能者をかかえきれまい」

楽毅の声はふと虚《むな》しさをとらえた。

闇のなかから返辞を発する者が消えたのである。

楽毅は自分の口からでたことばが自分の胸にかえってきたことを感じた。人心を掌握するふしぎさである。薛公のために他国で命がけで働いている者がいる。かれらは自身の利害を超《こ》えたところで躍動している。そうさせる薛公には何があるのか。いや、楽毅自身のことを考えてみればよい。自分は何のためにこの塞を死守しようとしているのか。中山王や太子、それに大臣から庶民にいたるすべての安全を考えれば、武霊王が兵をむけてきたとみれば、一戦もせず、降伏すればよいのである。そうすれば、武霊王は、中山王を殺さず、食邑《しょくゆう》をあたえて、賓位《ひんい》をもうけるであろう。しかしながら中山王はそのことを一顧だにせず、矛干《ぼうかん》を各邑に立てて、国土を守りぬこうとした。楽毅もその意向に殉《じゅん》じた。とはいえ、これは中山王への忠誠の行為ではない。楽毅の心は中山王や国土にあるわけではなく、太子にある。太子が亡くなれば、中山への未練はない、という自分を知っている。

——どうしてそうなるのか。

楽毅は自分で自分がわからない。

よくよく考えてみれば、この世で、自分で自分がわかっている人はほとんどおらず、自分がいったい何であるのか、わからせてくれる人にめぐりあい、その人とともに生きたいと希《ねが》っているのかもしれない。

そういう点で、中山の太子と斉《せい》の薛公は、楽毅にとって最大限の自己表現をゆるしてくれそうな人物にみえる。

——だが……。

臥牀《がしょう》のうえですわったまま目をつむった。心のなかでひらいた目が父をみつめている。

――ほんとうにわしを知っていてくれたのは、父であるかもしれない。

その父は、なにゆえ死んだのか。

楽毅は自分の脳裡《のうり》にその問いにたいする答えをさがしだせるほどの力のないことに気づいた。父が死んだという事実だけが、もの哀しくあり、きれぎれに浮かんでくる思考は結びあわず、ただよいつづけるばかりである。声を放って哭《な》けないつらさもある。楽毅の哭泣《こっきゅう》を兵が知れば、

――さては宰相が亡くなられたか。

と、勘づき、東垣のあたりの戦局の悪さに想《おも》いをおよぼし、活気をすぼませることになりかねない。

――わしの生気がおとろえれば、塞の防衛にほころびがでる。

将の気が塞をささえているといっても過言ではない。将の表情に射《さ》したわずかな翳《かげ》でも、兵の戦意を殺《そ》ぐのである。

当然、泣くのは大いに用心しなければならない。

楽毅はしずかに涙をながした。

父を殺したのは趙の太子であるという。父を殺した者を、わが手で殺すのは、子として当然のことである。が、この場合、父を殺したのは、中山王ではないか。そうおもわれてならない。

中山王は自国の宰相を喪《うしな》ったことにいささかも悼《いた》みをおぼえぬであろう。はじめから中山を自殺的な孤立においているかぎり、いかなる勝利も局部的なものにすぎず、決定的なものになりえないということに気がつくはずはない。武霊王が中山の騎兵の急襲を予想して、機動部隊というべき車騎をかくして、敵を誘うように移動していることさえみぬけぬ謀臣《ぼうしん》たちが立てる策戦のもとでは、死者はふえつづけるばかりであろう。だが中山王は死んでいった者たちに、

「戦いかたが悪い」

とか、

「勇気に欠けていた」

とか、不満の声をなげかけるにすぎないであろう。霊寿《れいじゅ》の宮殿の奥深いところにある玉座にすわり、廷臣《ていしん》にとりまかれている中山王に、戦争の何がわかろうか。

――敵の趙王をみよ。

縹渺《ひょうびょう》たる胡地《こち》にまで馬を走らせ、つねに馬上で指揮をする風姿は、光彩をはなっているではないか。

戦場の露《つゆ》をおのれの涙にかえる王にこそ、人は喜んでいのちをささげるものである。

――わしは中山王へは忠誠をささげるつもりはない。

この戦いがなんらかの結着をみて、一安を得たら、中山から去りたい。楽毅はそうおもいはじめた。

三

外壁と塞とのあいだに架けられていた梁《はし》は中山《ちゅうざん》の兵により撤去されている。

趙与《ちょうよ》は塹《ほり》をのぞいたあと、いささかも迷いをみせず、

「土をいれよ」

と、命じた。梁をつくって速攻するのではなく、塹をなくして、多量の兵器を塞に

接近させるという正攻法をえらんだ。

この戦陣において、戦闘をおこなった日数はわずかで、月日のほとんどは土木工事につかわれたというのが趙軍の実態である。

——大器だな。

塞の上から趙軍の工事をながめながら、楽毅《がっき》は淡い羨望《せんぼう》をおぼえた。趙与が大器というわけではない。こういう地道《じみち》な戦法を一軍の将がえらんだことに、あせりもいらだちもみせそうにない武霊王《ぶれいおう》の度量の大きさが楽毅にはわかるのである。

——これからの天下は、武霊王と薛公《せっこう》の争いになるか。

ふとそんなことをおもった楽毅は目をあげた。

黒いかたまりがみえた。

——趙の援軍にちがいない。

そのおもいをそこにおきざりにしたほど楽毅はすばやく動いた。眼下の趙軍が火急の戦闘にうつらざるをえないことを感じたからである。趙与は武霊王からつかわされた援軍を王の無言の叱咤《しった》激励としてうけとるであろう。趙与は塹をさししめし、

「これが埋めつくされるまで、ゆっくり休まれよ」

などと悠長なことを援軍の将へはいえまい。塹を埋める工事を中止し、すぐさま攻撃をはじめるにちがいない。

――趙王を美《ほ》めすぎたか。

武霊王と薛公とが戦えば、薛公の勝ちだな、とこのとき予想した。

その予想はさておき、楽毅の予想した戦闘はおこらなかった。

趙の援軍とみえた兵が到着すると、陣が払われたのである。

塞からそれをみていた中山兵は、眼下が無人の虚《むな》しさにかわったことに、呆然《ぼうぜん》とした。戦いがおわったことがにわかに信じがたいような表情がならんだ。

「主《しゅ》よ――」

超写がほっと明るんだ声を天に放った。

「趙軍が去ったぞ」

現実のたしかさがようやく兵たちの感覚を埋めたのか、かれらは肩を組んではしゃぎ、手をとりあって歓笑をはじけさせた。

楽毅は幽《ほの》かな微笑を兵たちにむけたが、すぐに表情をひきしめ、各部署の長を集めた。

「よくやった。死者も寡《すく》ない。この塞を趙軍に渡さずにすんだことを慶《よろこ》ばねばならないが、趙軍のあっけない撤退をみて、かえって憂慮が濃くなった。すなわち、趙軍の主要進路にあたる邑が、すでに陥落しているのではないかということだ。趙軍はわが国を三方から攻めた。西にあるこの塞は破られなかったものの、北と南の防ぎは、突破された。趙の南北の軍がどこかで合流するときが迫ってきたので、ここにいた趙軍が去ったのだとおもう」

「すると、合流した趙軍は、わが王都を攻撃するのでしょうか」

長のひとりが愁眉《しゅうび》をあらわにしていった。

中山の首都の霊寿《れいじゅ》は、いわば盆地にあり、北に山、南に川をそなえ、都をかこむ城壁の高さは十数メートルもある。雲梯《うんてい》とよばれる梯子《はしご》車でも歯がたちそうにない高さである。さらに、城壁の厚みは、底部では二十七メートルもあるから、たやすく突き崩せる壁ではない。まさに巨大な堅城である。

だが、楽毅にいわせると、人工の城が堅固であればあるほど、そこに安心をもとめすぎて、山川という地形の利を忘れ、ついには国も城も人が守っているということがわからなくなる。

かつて周《しゅう》の武王《ぶおう》が商《しょう》（殷《いん》）王朝を倒したあと、難攻不落の険峻《けんしゅん》の地に首都をおこうとした。そのとき武王の弟の周公旦《しゅうこうたん》が諫止《かんし》した。

「このようなけわしいところに王都を定めれば、諸侯が入朝《にゅうちょう》するにも、諸方が入貢するにも、難儀をいたします。まして周王朝が悪政をおこなって万民を苦しめたとき、諸侯によって匡《ただ》されにくくなります」

王朝が天下の民にとって元凶にかわったとき、滅亡しやすいところに王都を定めるべきである、と周公旦はいったらしい。

——周公旦とは、何という男か。

と、楽毅は腹の底から感動したおぼえがある。また、周公旦の諫言を容《い》れて、あっさり山をおりた武王の寛容力の大きさにも驚嘆した。古人の知恵の端《ただ》しさに圧倒されるおもいである。それにひきかえ、中山の王都の壮大さは、むしろ醜悪である。

「いや、今年は、趙軍は霊寿を攻撃せぬであろう。陥落させた邑《まち》に趙兵を籠《こ》め、じりじりとわが国を締め殺そうとするはずだ」

と、楽毅はいった。

邑を攻め落とすたびに兵力は減少したにちがいなく、その兵力では、霊寿に肉迫することはできまい。武霊王は昨年の敗戦により、中山を一気に攻略するという妄想《もうそう》をふりはらい、慎重のうえに慎重をかさねる攻めかたをおこなっていることから、楽毅にはたやすく予想することができる。

長のなかには家族を霊寿に住まわせている者がいる。かれらは楽毅の予言をきいて、複雑な表情をした。今年の霊寿は安全であるとはいえ、明年はわからない。趙軍を毎年撃退しても、武霊王に中山攻略をあきらめさせることにはならない。中山にとって欲しいのは、戦陣における決定的勝利か、国際情勢の大きな変移である。が、そのどちらも、実現しにくい希望にすぎない。それがわかるだけに、楽毅ばかりでなく、長たちの表情に冴《さ》えがない。

冴えがないのは天候もおなじで、翌日から曇天がつづいた。

夜、ひとりの長がひそかに楽毅のもとをおとずれ、

「先日の会では、お訊《き》きすることができなかったのですが、斉《せい》か秦《しん》が趙を攻めることはないのですか」

と、いった。諸国の情勢が中山にとって光明《こうめい》になるのは、それしかない。が、それを衆前で質問することをはばからねばならぬ国民感情がある。斉への憎悪《ぞうお》である。

「秦はいまの王が健在であるかぎり趙を攻めることはしない。秦王は趙王のおかげで王位に即《つ》けたからだ。斉も趙を攻めることはない。いま斉と趙とは同盟している」

「そうですか……」

この長の姓名は郊昔《こうせき》といい、楽毅より年齢が高い。先祖の出身国は魏《ぎ》であることは楽毅とおなじであるから、中山の風土に染まりきっていない視界をもっている。しかし楽毅の断言をきいて、目から力がうせた。

——この男には頑迷さはなさそうだ。

郊昔を観察していた楽毅は、

「ひとつだけ、斉に趙を攻めさせる道がある」

と、いってみた。郊昔の首があがった。

「わたしにもわかっております。が、恐れおおいことです」

「ふむ、わが王は、中山の民が趙軍にひとりのこらず殺されてから、どうなさるのか。そのまえにすべきことがあったと悔やまれるのではないか。斉王に頭をさげるだけでよかったのだと」

「おお、そこまで、おきかせくださるとは――」

「わしは、こういう男だ」

楽毅は郊昔を凝視した。郊昔は身ぶるいをした。それから喜びを感じたように一礼して去った。

――郊昔か。憶《おぼ》えておこう。

楽毅はひとりみどころのある士をみつけた気がした。

半月間、楽毅は塞のうえから天と地をながめてすごした。

眼下に騎兵の影をみた。

――丹冬《たんとう》か。

そうおもったとき、からだのどこかにゆるみをおぼえた。趙軍との戦闘が熄《や》んだのであろうと直感した。だが、丹冬がもってきた報《しら》せは楽観をゆるさないものであった。

「講和したと――」

「さようです。わが王は趙へ、四邑を献ずることで、趙軍を撤退させました」

「陥落した邑や塞は――」

「北は丹丘《たんきゅう》、華陽《かよう》、鴻上《こうじょう》の塞、南は鄗《こう》、石邑《せきゆう》、封龍《ほうりよう》、東垣《とうえん》の邑が攻め取られました」

と、丹冬はいかにもくやしげにいった。趙の南北の軍は霊寿の東北方にある曲陽《きょくよう》で合流し、中山王を威喝するように滞陣していたという。

――献上の四邑とは、霊寿から遠い邑をえらぶことになろう。

そう考えはじめた楽毅は、まさか自分がその献上の使者となって趙へゆき、死に直面しようとはおもいもおよばなかった。

（第二巻へつづく）

この作品は平成九年九月新潮社より刊行された。

宮城谷昌光著　晏子（一〜四）

大小多数の国が乱立した中国春秋期。卓越した智謀と比類なき徳望で斉の存亡の危機を救った晏子父子の波瀾の生涯を描く歴史雄編。

宮城谷昌光著　玉人

女あり、玉のごとし――運命的な出会いをした男と女の烈しい恋の喜びと別離の嘆きを幻想的に描く表題作など、中国古代恋物語六篇。

宮城谷昌光著　史記の風景

中国歴史小説屈指の名手が、『史記』に溢れる人間の英知を探り、高名な成句、熟語のルーツをたどりながら、斬新な解釈を提示する。

安部龍太郎著　信長燃ゆ（上・下）

朝廷の禁忌に触れた信長に、前関白・近衛前久の陰謀が襲いかかる。本能寺の変に至る一年半を大胆な筆致に凝縮させた長編歴史小説。

安部龍太郎著　信長街道

作家の眼が革命児の新しい姿を捉える。その事跡を実地に踏査した成果と専門家の新研究をまじえた、歴史的実感が満載の取材紀行。

宮部みゆき著　かまいたち

夜な夜な出没して江戸を恐怖に陥れる辻斬り"かまいたち"の正体に迫る町娘。サスペンス満点の表題作はじめ四編収録の時代短編集。

宮部みゆき著 **あかんべえ**（上・下）

深川の「ふね屋」で起きた怪異騒動。なぜか娘のおりんにしか、亡者の姿は見えなかった。少女と亡者の交流に心温まる感動の時代長篇。

井上靖著 **天平の甍**
芸術選奨受賞

天平の昔、荒れ狂う大海を越えて唐に留学した五人の若い僧――鑒真来朝を中心に歴史の大きなうねりに巻きこまれる人間を描く名作。

井上靖著 **蒼き狼**

全蒙古を統一し、ヨーロッパへの大遠征をも企てたアジアの英雄チンギスカン。闘争に明け暮れた彼のあくなき征服欲の秘密を探る。

井上靖著 **楼蘭**（ろうらん）

朔風吹き荒れ流砂舞う中国の辺境西域――その湖のほとりに忽然と消え去った一小国の運命を探る「楼蘭」等12編を収めた歴史小説。

井上靖著 **風濤**（ふうとう）
読売文学賞受賞

朝鮮半島を蹂躙してはるかに日本をうかがう強大国元の帝フビライ。その強力な膝下に隠忍する高麗の苦難の歴史を重厚な筆に描く。

井上靖著 **額《ぬか》田《たの》女《おお》王《きみ》**

天智、天武両帝の愛をうけ、〝紫草《むらさき》のにほへる妹〟とうたわれた万葉随一の才媛、額田女王の劇的な生涯を綴り、古代人の心を探る。

北方謙三著
武王の門（上・下）
後醍醐天皇の皇子・懐良は、九州征討と統一をめざす。その悲願の先にあるものは——。男の夢と友情を描いた、著者初の歴史長編。

北方謙三著
陽炎の旗
日本の〈帝〉たらんと野望に燃える三代将軍・義満。その野望を砕き、南北朝の統一という夢を追った男たちの戦いを描く歴史小説巨編。

北方謙三著
風樹の剣
—日向景一郎シリーズⅠ—
「父を斬れ」。祖父の遺言を胸に旅立った青年はやがて獣性を増し、必殺剣法を体得する。剣豪の血塗られた生を描くシリーズ第一弾。

北方謙三著
降魔の剣
—日向景一郎シリーズⅡ—
黙々と土を揉む焼物師。その正体は、ひとたび刀をとれば鬼神と化す剣法者・日向景一郎——。妖刀・来国行が閃く、シリーズ第二弾。

酒見賢一著
後宮小説
日本ファンタジーノベル大賞受賞
後宮入りした田舎娘の銀河。奇妙な後宮教育の後、みごと正妃となったが……。中国の架空王朝を舞台に描く奇想天外な物語。

酒見賢一著
墨攻
中島敦記念賞受賞
専守防衛を説く謎の墨子教団。その俊英、革離が小国・梁に派遣された。徹底的に不利な状況で、獅子奮迅の働きを見せる革離の運命は。

中島 敦著
李陵・山月記
幼時よりの漢学の素養と西欧文学への傾倒が結実した芸術性の高い作品群。中国古典に取材した4編は、夭折した著者の代表作である。

山本周五郎著
五瓣の椿
自分が不義の子と知ったおしのは、淫蕩な母と相手の男たちを次々と殺す。息絶えた五人の男たちのそばには赤い椿の花びらが……。

山本周五郎著
天地静大
（上・下）
変革の激浪の中に生き、死んでいった小藩の若者たち——幕末を背景に、人間の弱さ、空しさ、学問の厳しさなどを追求する雄大な長編。

南原幹雄著
名将 大谷刑部
石田三成との友情のため、光を失った目で関ヶ原の戦場に赴いた大谷刑部。悲運の武将の生涯を人間味豊かに描いた大型歴史小説。

宮木あや子著
花宵道中
R－18文学賞受賞
あちきら、男に夢を見させるためだけに、生きておりんす——江戸末期の新吉原、叶わぬ恋に散る遊女たちを描いた、官能純愛絵巻。

松本清張著
小説日本芸譚
千利休、運慶、光悦——。日本美術史に燦然と輝く芸術家十人が煩悩に翻弄される姿——人間の業の深さを描く異色の歴史短編集。

平岩弓枝著

花影の花
―大石内蔵助の妻―

「忠臣蔵」後、秘められたもう一つの人間ドラマがあった。大石未亡人りくの密やかな生涯が蘇って光彩を放つ。吉川英治文学賞受賞作。

平岩弓枝著

橋の上の霜

苦しみながらも恋に生きた男――江戸庶民を熱狂させた狂歌師・大田蜀山人の半生を、細やかな筆致で浮き彫りにした力作時代長編。

三浦綾子著

細川ガラシャ夫人
(上・下)

戦乱の世にあって、信仰と貞節に殉じた悲劇の女細川ガラシャ夫人。清らかにして熾烈なその生涯を描き出す、著者初の歴史小説。

三浦綾子著

千利休とその妻たち
(上・下)

武力がすべてを支配した戦国時代、茶の湯に生涯を捧げた千利休。信仰に生きたその妻おりきとの清らかな愛を描く感動の歴史ロマン。

三浦綾子著

塩狩峠

大勢の乗客の命を救うため、雪の塩狩峠で自らの命を犠牲にした若き鉄道員の愛と信仰に貫かれた生涯を描き、人間存在の意味を問う。

三浦綾子著

広き迷路

平凡な幸福を夢見る冬美に仕掛けられた恐るべき罠――。大都会の迷路の奥に潜む、孤独と欲望とを暴き出す異色のサスペンス長編。

新潮文庫最新刊

西川治著
世界ぐるっとほろ酔い紀行
ベトナムのドブロク、沖縄の泡盛。ギリシャではウゾーで乾杯、ローマでグラッパに潰れる。写真満載でつづられる世界各国の酒と肴。

アレッサンドロ・ジェレヴィーニ著
いつも心にイタリアを
イタリア気質って何だろう。美食への探究心？　複雑な恋愛事情？　華やかな冠婚葬祭？　外国暮らしで気づいた母国の素顔とは。

二神能基著
暴力は親に向かう
―すれ違う親と子への処方箋―
母親の頭をバリカンで刈った息子――。増加の一途をたどる家庭内暴力で、子供たちは何を訴えているのか。その具体的対処法を示す。

日垣隆著
少年リンチ殺人
――ムカついたから、やっただけ
《増補改訂版》
ろくに顔も知らぬ少年八人に殺された宮田君。暴行後、遺体に小便をかけられた百瀬君。加害者を利する少年法の矛盾を撃つ、慟哭の書。

平尾武史
村井正美著
マネーロンダリング
―国境を越えた闇金融ヤクザ資金―
ヤミ金融で稼いだ膨大なヤクザマネーが香港、スイスへと消え去っていた。日本警察最大の国際金融事件捜査に警視庁担当記者が肉薄。

田崎健太著
W杯に群がる男たち
巨大サッカービジネスの闇
2002年、日韓W杯。巨大ビジネスと化した祭典の裏側で繰り広げられた、知られざる各国企業の壮絶な戦い。傑作ノンフィクション。

楽《がつ》毅《き》(一)

新潮文庫　み－25－7

平成十四年四月一日発行
平成二十二年二月十五日十五刷

著者　宮《みや》城《ぎ》谷《たに》昌《まさ》光《みつ》

発行者　佐藤隆信

発行所　株式会社 新潮社

郵便番号 一六二―八七一一
東京都新宿区矢来町七一
電話 編集部(〇三)三二六六―五四四〇
電話 読者係(〇三)三二六六―五一一一
http://www.shinchosha.co.jp

価格はカバーに表示してあります。

乱丁・落丁本は、ご面倒ですが小社読者係宛ご送付ください。送料小社負担にてお取替えいたします。

印刷・大日本印刷株式会社　製本・憲専堂製本株式会社

ISBN978-4-10-144427-7 C0193